AF191786

Unter dem Pseudonym
Tuna von Blumenstein
hat die Autorin bereits
vier Kriminalromane veröffentlicht:
»Der Tote im Zwillbrocker Venn« 2010
»Der hässliche Zwilling« 2011
»Mord in Genf« 2012
»Blauregenmord« 2013

Die Autorin lebt im Westmünsterland
www.sylvia-b.de
www.ein-buch-lesen.com

Tuna von Blumenstein

Der Mörder und der Kinderschänder

Ein Münsterland-Kriminalroman
der auf wahren Begebenheiten basiert

Impressum
Alle Rechte vorbehalten
© Tuna von Blumenstein 2025
Verlag:
BoD · Books on Demand GmbH, In de Tarpen 42,
22848 Norderstedt, bod@bod.de
Druck:
Libri Plureos GmbH, Friedensallee 273, 22763 Hamburg
ISBN: 978-3-7693-2591-1

Bei diesem Werk handelt es sich um einen Kriminalroman. Etwaige Ähnlichkeiten oder Namensgleichheit mit real existierenden Menschen wären rein zufällig. Alle beschriebenen Handlungen sind zwar an die Realität angelehnt, auch hier wären alle Ähnlichkeiten rein zufällig.

Bibliografische Information der Deutschen Nationalbibliothek
Die Deutsche Nationalbibliothek verzeichnet diese Publikation in der Deutschen Nationalbibliografie; detaillierte bibliografische Date sind im Internet über http://dnb.d-nb.de abrufbar.

das nächste buch
das du schreibst
wird ein roman
sagst du
oder ein märchen
oder ein krimi
sagst du
auf jeden fall
irgendetwas zusammenhängendes

sagst du

glaub mir
es hängt schon alles zusammen
du musst es nur
im zusammenhang sehen

ich kehre mein inneres nach außen
ist das nicht genug roman
ich schildere meine gefühle
ist das nicht genug märchen

ich erwarte eine begegnung
ist das nicht genug krimi

die teufel wollen mich holen

ist das nicht
leben genug

(Sylvia B.)

1.

Für Wolf war es ein besonderer Tag. Ein heißer Tag in diesem Sommer und es sollte in nächster Zeit weitere heiße Wochen geben. Dieser Tag war vorbereitet und er war dabei nicht alleine. Seine Eva hatte ihm geholfen. Beide haben präzise daran gearbeitet, endlich Ballast über Bord werfen zu können. Fehler waren dabei nicht erlaubt; das galt auch für Eva. Sie werden es aber schaffen, da war er sich sicher.

Im Moment saß er an dem Küchentisch, gegenüber seiner zweiten Ehefrau. Weggezogen war sie schon vor Wochen. Sie wohnte bei ihrem neuen Liebhaber. Eigentlich war das Treffen für gestern vorgesehen. Entsprechend wurde vor zwei Tagen ein Brief mit dem Datum erstellt. Er musste sich sehr viel Mühe geben, Eva sollte ihm dabei helfen. Der Brief war bereits in einem Umschlag, als seine Noch – Ehefrau den Termin auf den übernächsten Tag verlegte. Er musste unbedingt das Datum auf Seite vier verändern. Es sah dann kaum auf, dass eine solche Veränderung von ihm gemacht wurde. Vier Seiten auf Papier und den Text mit Kugelschreiber und mit der Hand geschrieben, dazu kamen 350 Euro in den Brief.

Wolf bekam ein Schreiben seiner Noch – Ehefrau vorgelegt. Es ging ihr um die Scheidung. Was er auch umgehend unterschrieb und ihr wiedergab. Dabei brauchten die Beiden sich eigentlich deshalb nicht treffen. Es ging ihm um die Firma. Sie sollte wieder Unterschriften geben. Dabei wollte sie nicht mehr Geschäftsführerin sein. Als solche musste sie bisher auf Geschäftsbriefen ihre Unterschriften leisten. Wolf hatte ihr natürlich erklärt, dass die Firma in Zukunft von Eva geführt wird. Seine Noch – Ehefrau sollte jetzt mit einer Auszahlung von 300.000 Euro die Firma verlassen. Damit war sie einverstanden.

Jetzt saß sie am Küchentisch und las noch die Unterlagen. Wolf grübelte vor sich hin. Gestern war er mit einem Jagdfreund unterwegs, sie brachten drei Rehböcke einem weiteren Jagdfreund vorbei. Wolf hatte vorher zwei erwischt, sein Jagdfreund einen. Bei beiden gelangen durchaus die sofort tödlichen Treffer. Nach Möglichkeit sollte dabei die Wirbelsäule beschossen werden. Die mit einer bestimmten Geweihform können ohne weiteres unter sich im Kampf schwer oder sogar tödlich verletzen. Mehrjährige Tiere können so auch zu Mörderböcken werden. Wolf musste lächeln. Die Tiere wurden an den Hinterläufen aufgehängt, mit dem Jagdmesser das Fell aufgeschnitten und der Enddarm entfernt. Danach sollte das Fleisch 48 Stunden abhängen. Das Jagdmesser lag in der Schublade, an der er in dem Moment direkt saß.

Das Jagdmesser leistet nützliche Dienste. Oftmals wird es auch gebraucht, wenn Tiere verletzt gefunden werden. Daher muss sich dieses Jagdmesser ebenfalls zum Stich in die Brust, ins Herz oder auch der Treffer in das Rückenmark am Schädel des angeschossenen Tieres eignen. Wobei auch dieses Erlegen des Wildes von Wolf perfekt ausgeführt werden konnte.

Sie hatte ausgelesen und meinte, dass sie auch langsam wieder wegfahren wollte. Wolf kannte sie gut und wusste, dass sie vorher noch das Bad aufsuchen würde. Sie steckte in ihre Tragetasche das Scheidungspapier und die Plastiktüte, in denen vorher Wolf die 300.000 Euro in größeren Scheinen packte, und ihr das übergab. Sie war zufrieden, ging die Treppe hoch in den ersten Stock. Er hörte, wie sie die Tür im Bad schloss. Er fragte sich, ob er noch irgendetwas vergessen hätte. Dann stand er auf, holte sein Jagdmesser aus der Schublade und folgte seiner Noch – Ehefrau.

Natürlich musste er warten, bis sie die Toilettenspülung betätigte. Sie mit einem blanken Hintern zu erwischen wollte er nicht. Sie konnte vorher nicht abschließen, an den Schlüssel hatte er gedacht. So wartete er noch einen Moment, öffnete dann die Tür und ging sofort auf sie los. Er wusste doch, wo er zustechen musste. Die Klinge war 15cm lang, Edelstahl und die Klinge war scharf. Er stach in den Schulter-Hals-Bereich, gleich zweimal. Einer der Stiche sollte eine Arterie verletzen. Ein weiterer traf im Rücken ihre Lunge. So konnte sie nur noch Blut einatmen.

Es fiel ihm nicht schwer, sie in die Badewanne zu stoßen. Das Jagdmesser legte er in das Waschbecken, setzte sich auf den Deckel der Toilette und redete mit ihr. Sie konnte nicht mehr sprechen, ihre Augen waren weit aufgerissen und sie kämpfte um ihr Leben. Den Kampf hatte sie irgendwann verloren. Es waren Minuten, die aber für sie zu einer Ewigkeit wurden. Vermutlich für alle, die so sterben müssen.

Als sie tot war, erhob er sich. Über ihr Gesicht warf er ein Handtuch. Er wusch sich die Hände und lies das Wasser auch über das Messer laufen. Er hatte keine Lust, es zu reinigen. Die Polizei braucht das, es sah aber auch gut aus, ihre Haare waren direkt auf dem Messer zu sehen, so dachte er.

Die Plastiktüte mit dem Geld holte er aus ihrer Tasche. Dann musste er den Brief zu einem Briefkasten bringen. Verstehen konnte er Eva dabei nicht. Sie wollte die Adresse noch auf den Umschlag schreiben. Den Brief sollte Sylvia bekommen. Eva sagte, dass sie bereits Sylvia zu ihrer besten Freundin erklärt habe. Sie muss jetzt an ihrer Seite stehen. Auf sie wollte sie sich voll verlassen können. Mit dem Brief sollte sie getestet werden. Vor allem galt der 350 Euro Test. Dann wäre es für ihn notwendig, dass die Polizei das Schreiben nicht erhält.

Er muss sich auf Freunde verlassen können. Das war auch Eva sehr wichtig.

2.

Jahre später.

Irgendwie meinte Sylvia einfach nur Glück gehabt zu haben. Es meinten vorher einige Leute, dass sie wohl nicht überleben wird. Es hatte tatsächlich damit zu tun, dass versucht wurde, einen Mord gegen sie durchzuführen. Ihr war klar, dass der Tod vermutlich sie nicht noch einmal von der Schippe springen lassen würde. Wobei beim ersten Mal wirklich etwas in ihr sterben musste, damit sie weiterleben konnte. Und ausgerechnet das dürfte ihr jetzt das Leben gerettet haben.

Es war ein Schlag, diese Ohrfeige, die sie überlebte. Die Gedanken, dass versucht worden ist, sie zu töten, was nicht gelungen war, dass sie nur knapp überlebte. Aber dafür konnte sie nicht sprechen, nicht schreiben und sie saß in einem Rollstuhl. Gedacht war schon alternativ, dass sie dann zwar überleben könnte, aber dafür in einem Pflegeheim enden müsste. Diesen Gefallen wollte sie den Tätern nicht machen. Es war für sie hart, dem Zustand zu trotzen und zumindest wieder schreiben und laufen lernen zu können. Das machte sie aber stark und hart und sorgt auch für Nachdenklichkeit.

Sie war an dem Tag, was sie quasi jeden Tag machte, wieder eine große Runde auf ihrem Tretroller abgefahren. Einer für Sportler, also ohne Motor. Das passte zu Sylvia. Natürlich wollte sie im Anschluss an ihrer Tour noch drei Runden in der Kneipp'sche Wassertretanlage absolvieren.

Danach suchte sie den Dorfteich auf. Dort machte sie auch etwas für ihre Seele. Wenn die dort lebenden Enten sie entdecken, sie dann zu ihr eilen und Sylvia damit ein Lächeln in ihr Gesicht zaubern. Sie teilt, wirft ihnen Haferflocken auf den Rasen, der den Teich umgibt. Die andere Hälfte in der Tüte brauchte sie an dem Tag bereits für sich, für ihren Magen, weil der ihr auch schon Probleme bereitete.

Insofern dachte Sylvia schon, dass sie an sich arbeitet, was nötig für sie war. Sie litt an einem Enten – Syndrom. Darüber dürften schon Leute aus ihrem Umfeld gelacht haben. Aber dieses Syndrom passt zu ihr. Wenn sie schwimmen, die Enten, wirken sie so vollkommen. Dabei unter der Wasseroberfläche kämpfen die Enten mit ihren Füßen und damit deren Schwimmhäute wie Paddel, das strengt an. Wenn sie dann aus dem Wasser kommen und sich dort an den Haferflocken erfreuen, fällt die Problematik natürlich deutlich auf.

So sieht sie das auch bei sich und darin natürlich ein persönliches Dilemma. Denn zum einen konnte sie diesen Mordversuch nicht nachweisen. Insofern dürfte dieser Versuch sozusagen als ein fast perfekter Mord bezeichnet werden. Zum anderen hat es in Folge bereits weitere eher leichtere, und darum gescheiterte, Mordversuche gegeben. Warum es nicht funktionieren konnte, dürften diese Täter noch nicht herausbekommen haben. Das ist auch gut so. Sozusagen leiden diese Täter an ihrem Versagen. Da Sylvia wirklich heftig auf der Hut war und noch ist, haben diese Täter ihre direkten weiteren Versuche im Moment nicht umsetzen können.

Natürlich ist sie darüber froh, aber sie fühlt ein weiteres Problem. Wobei sie es sich schon gerne immer zu einfach machen möchte, das wurde ihr übrigens sogar geraten. Grundsätzlich gab und gibt es für sie prinzipiell nur die Guten und die Bösen. Und natürlich passiert es, dass sie dann irgendwann merkt, dass gedachte Gute eigentlich in sich böse sind. Doch, sie gibt sich in letzter Zeit Mühe und darum versucht sie auch grundsätzlich hinzusehen, um die Bösen sofort zu erkennen, was ihr allerdings vermutlich nicht gelingen würde.

Warum es so kam lag daran, weil sie sich unbedingt mit Typen anlegen musste. Wobei es eigentlich ganz einfach gewesen wäre, keine Probleme zu bekommen. Einfach wegschauen, wenn problematische Dinge entstehen. Wegschauen und ganz schnell weglaufen. Immer sagen, nichts gesehen zu haben, gibt Sinn. Es wäre natürlich wirklich gut, wenn sie sich das als neue Einstellung zulegen könnte. Für ihre Zukunft eine sehr gute Einstellung. Aber ihre bestehenden Probleme werden sich damit nicht von selbst auflösen.

Zudem, aus Sylvias Sicht natürlich, auch die Kunst darin besteht, als Opfer Beweise der Tat zu besitzen. Aus der Sicht der Täter sollten diese Beweise natürlich verschwinden. Im Prinzip ist das einfach. Wenn man das so betrachtet. Weil sie das als Opfer so sah und immer noch sieht, hat sie natürlich versucht, zuständige Beamte um Hilfe zu bitten. Da ist sie leider kläglich gescheitert. Das ist frustrierend. Wie sie es schon richtig erkannte: Es war der perfekte Mord - der ihr galt, eigentlich hätte gelingen müssen, aber dann doch irgendwie scheiterte.

Beschreiben werden könnte Sylvia eher als eine ältere Dame, die gerne hilfsbereit ist. So wird sie schon in den vergangenen Jahren oft geholfen haben, was wieder eigentlich auch positiv zu sehen sein sollte. Es macht ihr Freude Gutes zu tun. Es kommen jetzt die Fehler, die sie beim Helfen begangen, dass sie manches »Helfen« besser gelassen hätte. Vielleicht wird sie einfach nur den falschen Menschen geholfen haben, die später zu ihren Mördern werden wollten und nach wie vor das versuchen. Dabei ging und geht es den Tätern nur um Geld. Das hätte Sylvia eigentlich auch merken müssen.

Es war und ist eigentlich sehr simpel und auch kurz zu beschreiben: Es geht um zwei Täter, die unabhängig von einander in einer eigenen Straftat tätig waren und sind. Also nicht nur gegen Sylvia. Beide Täter haben auch Personen, in dem Fall Frauen, die unterstützend für die Täter tätig waren und noch sind. Das Geld um das es ging und geht liegt bei beiden Tätern selbstverständlich nicht als angespartes Geld auf irgendwelchen Sparbüchern.

Wo kommt das Geld her? Zum einen haben wir einen Pädophilen. Der die Unterstützung seiner Ehefrau erhält. Sie filmt. Wobei in Münster, und zudem jetzt einen bundesweiten Großeinsatz, bereits Gruppierungen aufgeplatzt wurden, scheinbar gehörten die Beiden nicht zu denen, was sich bei anderen Gruppen ändern könnte. Die Filme und Fotos von den missbrauchten Kindern wurden vertrieben und haben natürlich die Täter finanziell gut gestellt. Wie auch diesen Pädophilen und seine Frau. Diese Frau war schließlich anwesend als es geschah, sie hat bei diesem Mordversuch Sylvia gefilmt. Dieses Paar dürfte zwar auf Geld fokussiert sein, es überwiegt bei den Beiden aber die Triebbefriedigung.

Darum sollte der zweite Täter betrachtet werden. Es lag eine längere Zeit zurück. Aus Sylvias Sicht der Dinge jetzt, war sie damals nur eine nützliche Idiotin, um einen Plan umzusetzen. Bei dem bereits ein Mensch ermordet wurde. Es ging um Geld, sehr viel Geld. Es ging um fast eine Millionen Euro. Dass es diesem Täter wichtig war und ist, sowenig von dem Geld abgeben zu müssen, dürfte klar sein. Dabei hat er schon eine Frau, die ihn unterstützt. Der es natürlich auch in der Sache nur um das Geld ging und natürlich auch noch geht.

Da gibt es also für Sylvia einen Totschläger, dem es um viel Geld ging und geht und den schon erwähnten Pädophilen. Dass sich diese Gruppierungen zusammengefunden haben, weil Sylvia ihnen zu gefährlich wurde und denen noch sei, dürfte verständlich sein.

Wobei ihr auch klar ist, dass Mörder Fehler begehen. Das war und ist ebenfalls gut, denn genau das hat ihr ebenfalls das Leben gerettet. Mit gefährlichen Situationen dürfte sie auch in der nächsten Zeit rechnen müssen, denen könnte sie entgehen, wenn sie weiter auf sich selbst achtet.

Jetzt war sie nicht mehr die Jüngste. Die Täter, also der Mörder, der Kinderschänder und deren Helferinnen, haben ebenfalls das Alter erreicht, in dem der Lebensstil die Lebenserwartung stark beeinflussen könnte. Ein Alter, indem auch die Weisheit kommen sollte, die das aber nicht immer macht.

Was sie bei diesen beiden kleinen Gruppierungen feststellen konnte war, dass durchaus bereits das Zipperlein für die Gicht bei ihnen wirkte, bedingt natürlich auch durch die entsprechend falsche Ernährung. Es sollte eigentlich klar sein, dass man prüft, was man nicht essen sollte. Wer es doch macht und dann noch mit der Liebe zum Alkohol das ganze verbindet, muss sich nicht wundern, wenn manche Dinge nicht mehr funktionieren. Wenn dann auch noch dazu kommt, beziehungsweise bereits länger vorhanden ist, zum Beispiel der Altersstarrsinn, dann die Gehässigkeit, die zu erkennen ist, verbunden mit ständiger Aggressivität und dann auch ein verändertes Einfühlungsvermögen, das natürlich fehlt, könnte insgesamt betrachtet, das Ergebnis für Sylvia durchaus positiv zu sehen sein. Dagegen hat sie nur das Enten – Syndrom. Insofern sah das für sie auch einfach besser aus.

Dann noch das Training, in vielen Bereichen, war dagegen ihr schon als Kind sehr wichtig. Daraus machte sie ihren Beruf. Sport blieb ihr wichtig, daran hatte sich in all den Jahren, sogar Jahrzehnten, nichts geändert. Was sie natürlich als Vorteil sah. Was durchaus auch als absoluter Vorteil zu betrachten ist. Das sollte sie natürlich nutzen. Zudem war ihre Ernährung wesentlich besser durchdacht, selbstverständlich auch mit Haferflocken. Was im Alter wirklich Sinn gibt.

Natürlich hat sie auch versucht, weitere Wege zu beschreiten. Wobei sie tatsächlich auf ganzer Linie juristisch völlig kläglich gescheiterte, was für sie selbstverständlich als Mittel nicht mehr in Frage kommen würde.

Dass Sylvia sich mit den falschen Leuten anlegte, dürfte ihr mittlerweile klar sein. Überlebt hat sie das Desaster mit viel Glück. Um das alles zu verstehen, müsste sie in der Zeit noch weiter zurückgehen. Dann wäre vielleicht auch zu verstehen, wie es ihr passieren konnte, sich mit einem Mörder und einem Kinderschänder anzulegen. Die Beiden haben auch zusammengefunden, gemeinsam gegen sie, dabei jeder mit dem eigenen Dunstkreis, mit weiteren Tätern und Täterinnen verwoben, und natürlich auch mit deren Unterstützung.

Was war denen so wichtig? Dem ersten ging und geht es scheinbar nur um Geld, viel Geld. Dem anderen um die kranken Emotionen, auch weil sein Gehirn falsch tickte und sein Gehirn immer noch falsch tickt. Es ist halt die Art der Verbrecher.

Wobei sich Sylvia wirklich die Frage stellt, wie ihr das alles passieren konnte. Insofern gibt es schon Sinn, dass sie ein Niederschreiben der Ereignisse vornimmt. Damit sie auch für diese Frage eine Antwort finden könnte.

3.

Erinnern konnte sich Sylvia, dass sie mit der Frauengruppe eine Gymnastikstunde begann. Es war mehr oder weniger eine private Sportstunde die dann auch noch in privaten Räumen stattfand. Jeden Mittwoch von 18.00 Uhr bis 19.00 Uhr. Das war bereits vor mehr als 40 Jahren. Aus der großen Gruppe blieben viele Jahre später nur noch ein paar Frauen übrig.

Gleich zu der ersten damals stattfindenden Sportstunde fand sich Eva als Teilnehmerin ein. Vom Alter her war sie etwas jünger als Sylvia. Sie hatte sich als Fußpflegerin selbstständig gemacht. Außerdem war sie frisch verheiratet. Das änderte sich allerdings irgendwann. Ihre Ehe scheiterte, sie ließ sich von dem Mann scheiden. Sylvia erinnerte sich daran, auch, dass Eva ihr mitteilte, dass sie die Kosten für die Sportstunden nicht mehr zahlen konnte.

Es war keine besondere Summe, jede Frau legte vor Beginn der Sportstunde 5 DM in eine Dose, die am Fenster stand. Wer fehlte, musste nicht bei der nächsten Stunde nachzahlen. Es lief locker ab. Sylvia ging es damals, aus finanzieller Sicht betrachtet, recht gut. Selbstverständlich teilte sie Eva mit, dass sie auch teilnehmen könnte, ohne einen Beitrag zu zahlen. Für beide sollte das aber, den weiteren Teilnehmerinnen gegenüber, verschwiegen werden. Daran hielten sich beide auch. Jetzt hat Sylvia die Ansicht, damals falsch reagiert zu haben. Kein Geld, kein Sport. So einfach wäre es gewesen. Damit hätte sich Sylvia viel Ärger ersparen können.

Eva zog damals natürlich aus der Wohnung, die sie mit ihrem Mann bewohnte. Dafür zog sie in ein nettes Wohnviertel und dort in ein Haus, das sie alleine bewohnte. Dort hatte sie sich einen Raum als Fußpflegerin einrichten lassen. Sylvia hätte doch merken müssen, dass Eva eigentlich komplett über ihren Verhältnissen lebte. Das Haus wirkte damals auf Sylvia ästhetisch ansprechend. Eva fuhr ein Cabrio, erzählte auch während der Sportstunde, dass sie auch versucht, jeden Tag reiten zu gehen, das Pferd, dass sie besitzt, würde ihr sehr gefallen.

Es kam aber auch vor, dass Eva längere Zeit nicht an der Sportstunde teilnahm. Sie wurde dann auch nicht vermisst, weder von Sylvia, noch von anderen sportlich betätigenden Teilnehmerinnen. Wobei sich Sylvia daran erinnerte, dass es dann Bemerkungen gab, bezogen auf Eva, und Hinweise, dass sie nicht nur die Füße mancher Männer betreute. Die meisten weiteren Sportmacherinnen interessierte das nicht. Sylvia ebenfalls auch nicht, sie hatte eigene Probleme.

4.

Beschäftigt war Sylvia in dieser Zeit auch mit ihrem Morbus Menière. Wobei sie damals der Meinung war, noch Glück zu haben, weil die Anfälle nur alle halbe Jahre kamen. Insofern beschäftige sie sich dafür nur bei Bedarf. Das tägliche Training brachte damals, und bringt auch noch heute, Sylvia eine körperliche Verbesserung. Auch ihr Kopf brauchte und bringt Freiheit. Dann lässt sie auch hin und wieder zu, dass sich Gedanken hoch begeben, die sich in dem Keller ihrer Seele befinden. Die eigentlich auch ein Pförtner bewacht, aber dass es auch manchmal Sinn gibt, diese Gedanken zuzulassen.

Dass, was Sylvia bereits durchlitten hatte, lag mehr als 30 Jahre zurück. Damals dachte sie auch, dass sie alles »auf die Reihe bekommen würde«. Damals lebte sie in einem Dorf, zusammen mit ihrem Sohn, der sich bereits in der vierten Klasse der dortigen Grundschule befand.

Nach und nach waren seine Schulleistungen in den Keller gerutscht. Der zuständige Grundschullehrer erklärte ihr irgendwann, dabei auch grinsend, dass ihr Sohn in einer Sonderschule untergebracht werden sollte. Sylvia verstand damals irgendwie die Welt und damit ihre Situation nicht mehr. Wobei ihr Sohn auch irgendwann die Schule nicht mehr besuchen wollte.

Sylvia war nicht die einzige, die damals litt. Viele Opfer und auch deren Angehörigen litten. Wobei es gab die, die litten und die, die sich Vorteile herausholten. Damals saßen Kinder in ihrer Küche und sie fingen an davon zu berichten, dass ihr Lehrer sie befummelte, ihnen viel zu nahekam. Auch dort anfasste, wo es beschämend war, dort angefasst zu werden.

Umgehend hat Sylvia ein Treffen der anderen Eltern organisiert. Daran erinnerte sie sich, dass es einen Schnaps dazu gab, der wurde auch gebraucht. Sylvia erinnerte sich genau, dass sie zwei kippte und beide brachten keine Wirkung bei ihr, was sie in der Tat überraschte. Mit zwei weiteren Müttern wurde umgehend bei der Polizei eine Anzeige gemacht. Bereits am nächsten Morgen war der Lehrer nicht mehr in der Schule zu sehen, dafür Kriminalbeamtinnen, die vor der Klasse standen und dann einzeln die Kinder dazu befragten. Die Kinder redeten frei und bestätigten die Aussagen.

Damals meinte eine der Mütter, dass bereits ein weiteres Kind vor vier Jahren diesen Lehrer hatte und das war schon schlimm, was er sich erlaubte. Bei dem letzten Kind muss es sogar noch schlimmer gewesen sein. So sprach sie.

Aber das änderte sie umgehend, nachdem der Schulleiter sie besuchte. Sie schwieg und zog auch die Anzeige zurück. Der Schulleiter stellte sich auch am folgenden Tag, vor der Anwesenheit der Polizei, in die Klasse und machte den Kindern klar, dass sie dem Lehrer sowas nicht antun dürften, dass ihnen schlimmes passieren würde, wenn sie weiter auch nur etwas über ihn verraten. Die Kinder schwiegen, darauf bekam der Schulleiter von der Polizei dafür einen Rüffel, mehr aber auch nicht.

Eine Psychologin, die sehr aktiv erschien, erklärte irgendwann nicht nur Sylvia, dass dieser Lehrer sich »den Appetit in der Klasse holt, essen würde er zuhause«. Er war verheiratet und hatte ein Mädchen und einen Jungen.

Ruhe kehrte nicht ein. Irgendwann rief eine Frau und Mutter aus der etwas entfernten Stadt bei Sylvia an. Natürlich war sie informiert über den Grundschullehrer, der tatsächlich in der Grundschule ihrer Stadt versetzt worden war. Dort war ebenfalls sein Sohn in der Klasse des versetzten neuen pädophilen Lehrers. Von Sylvia wurde erwartet, dass sie etwas unternehmen würde, denn irgendwie sollte sie zuständig sein.

Damals war es ein hartes Gespräch, das Sylvia am Telefon führte. Die andere Mutter, die Sylvia knallhart berichtete, dass es Kinder in der Klasse gab, die einer anderen Nationalität angehörten, deren Eltern sich trafen, gemeinsam beteten und dann auch Gespräche miteinander führten. Die erfahren haben, dass ein neuer Lehrer ihren Kindern vorgesetzt worden war, der aus dem Vorwurf, sich Kindern gegenüber sexuell betätigten, an der anderen Schule nicht mehr tätig sein durfte.

Nun haben diese Eltern eine Entscheidung getroffen. Sie sahen diesen Lehrer als Problem, das sie lösen wollten, sogar mussten. Sie hatten bereits eine Person gewählt, die bereits »mit einem Messer zwischen den Zähnen« dem Lehrer begegnen wollte und auch sollte.

Damals war es Sylvia gelungen, ein junges Fernsehteam zu aktivieren. Sie konnte weder heute als auch damals nicht darüber lachen, wie sie den Beitrag im Fernsehen begonnen haben. So wartete das Fernsehteam an der Schule auf den Grundschullehrer. Zuerst freute der sich, als er dann direkt auf seine Neigung angesprochen wurde, drehte er sich kommentarlos um und flüchtete von dem Ort. Dabei wurden seine Schuhe aufgezeichnet, die Kamera war dann auf die Sohlen seiner Schuhe gerichtet. So war das Problem der Eltern dieser Schule gelöst und das Messer wurde auch umgehend von den Zähnen entfernt.

Natürlich sammelte das Fernsehteam weitere Infos zu dieser ganzen Sache. So wurde versucht, die entsprechende Schulaufsicht telefonisch zu erreichen. Ebenfalls darüber konnte Sylvia damals nicht lachen. Aber ganz schlimm war die Aufzeichnung, die sie mit der zweiten Mutter zeigte. Beide betrachteten ein beschriebenes Papier, erstellt für den Grundschullehrer, der sich so bemühte für die Schüler. Und da stand geschrieben, dass die Unterschreibenden traurig waren, dass der Grundschullehrer die Schule verlassen musste. Unterschrieben von weiteren Müttern und Dorfbewohner.

Was allerdings auch heraus kam war, dass diese unterschreibenden Mütter für ihre Kinder eine Bescheinigung erhielten. Denn der Grundschullehrer durfte dort nicht mehr unterrichten, aber Empfehlungen für das Gymnasium und die Zeugnisse erstellte er ebenfalls.

Dieser Mann blieb in dem Dorf, lebte dort einfach weiter. Sylvia zog weg, zog in eine größere Stadt und konnte ihren Sohn in einer Schule unterbringen, einer Einrichtung, die sich in freier Trägerschaft befindet. Das kostete natürlich Geld, dass sie damals hatte und sich auch das leisten konnte. Nicht so wie die andere Mutter, deren Kind musste eine Sonderschule besuchen.

Danach dachte Sylvia immer noch, dass dieser Grundschullehrer den Rest seiner Jahre in irgendeinem Keller verbrachte, um irgendwelche Bücher zu sortieren. Irgendwann, wieder Jahre später, erhielt sie ein Alert auf dem PC, News aus einem Dorf aus einem anderen Kreis. Warum sie das bekam, konnte sie sich nicht erklären. Der

Inhalt traf sie aber sehr hart. Das Dorf hatte sich verabschiedet von dem liebenswerten Grundschullehrer, der in Rente ging, feierlich und humorvoll wurde er in den wohlverdienten Ruhestand entlassen.

Dabei soll auch ein Priester aus der katholischen Kirche der Stadt junge Menschen über eine lange Zeit missbraucht haben. Die brauchten den Tod des Priesters, um reden zu können. Die Sportler, die auch erst nach Jahren über den Trainer reden konnten. Aber die meisten Betroffenen schweigen.

Sylvia stellte sich selbst die Frage, was damals ihre Anzeige des pädophilen Grundschullehrers gebracht hätte. Der Lehrer musste 5.000,- DM zahlen. Aber nicht an sie. So bestimmte das Landgericht in der Sache gegen den Lehrer. Für Sylvia folgte quasi eine Flucht zusammen mit ihrem Sohn aus dem Dorf, der seine Freunde damals zurücklassen musste. Aber in einer weiter entfernten Stadt eine Art elitäre Schule besuchte, um auch wegen dem Desaster, wieder aufgefangen zu werden. Es war gut, dass sie das, aus finanzieller Seite, leisten konnte. Damit ihr Sohn Jahre später selbstbewusst dieser Sicherheits- und Wiederaufbaumission als Soldat dem Krieg in Afghanistan anschloss, um dann bei einem der Terroranschlägen ums Leben kam.

5.

Erinnern konnte sich Sylvia nicht mehr genau, wann es im offensichtlichen Leben der Eva Veränderungen gegeben hat. Nur wusste Sylvia genau, dass Eva das Gespräch zu ihr suchte. Wobei wirkte es auf Sylvia eher wie ein Informationsgespräch, das Eva mit ihr führte. So erfuhr Sylvia, dass Eva geheiratet hatte, dass sie schwanger war, dass sie mit dem Mann aus dem vorher gemieteten Haus ziehen musste und darum wurde ein anderes Haus in einem anderen Viertel von den Beiden gekauft.

In dieser ersten Zeit meinte Eva, in eine für sie positiven Phase dieser Ehe auffallen zu wollen. So erschien es bereits Sylvia. Wobei sie auch der Meinung war, dass es durchaus sein könnte, dass Evas späte Mutterschaft gut für sie sein sollte. Außerdem schien es, dass es eine scheinbar finanziell vorteilhafte Lage der Eheleute gäbe.

Eva war auch sehr bemüht, keine Sportstunde mit Sylvia zu verpassen. Dann sollte sich auch der Vater um das gemeinsame Kind kümmern. Eva war bemüht, zu Sylvia eine freundschaftliche Bekanntschaft aufzubauen. Das bestand aus regelmäßigen Telefonaten. Wobei Eva anrief. Das verständlich war, denn sie musste freie Momente dafür nehmen. Was auch nicht täglich der Fall war.

Es waren dann irgendwann die Schilderungen von Eva, in denen sie von der bröckelnden Beziehung zu ihrem Ehemann berichtete. So bekam Sylvia wirklich das Gefühl, dass sich Eva in eine für sie kritische Beziehung brachte, weil sie sich quasi zu einem nicht passenden Ehemann eingelassen habe. Irgendwie versuchte Eva diese Beziehung zu erklären, aber letztendlich wollte sie unbedingt Mutter werden und brauchte aus ihrer Sicht einen Mann, der das auf Dauer finanzieren konnte. Aus ihrer Sicht gehörte zu allem eine starke finanzielle Basis. Sie dürfte sich durchaus selbst durch ihre Art und Weise eine angenehme Lebensweise geschaffen haben. Darauf wollte sie natürlich auch in den weiteren Jahren nicht verzichten.

Zudem wollte Eva ihre besondere Art der Tätigkeiten nicht mehr machen müssen, sie mit Sicherheit auch irgendwann nicht mehr machen könnte und auch nicht mehr machen wollte. Weil zum einen die entsprechenden Männer alt werden, die sie vielleicht nicht mehr können und wollen. Das Eva einfach alt wird, deshalb auch ihr Körper die gewünschten Ansprüche mancher Männer nicht mehr leisten kann. Die einfach jüngeren Frauen in dem Bereich tätig werden. Darum musste sich Eva eh etwas einfallen lassen.

Wobei irgendwann klar wurde, dass ihr Ehemann auch besondere Wünsche von Eva forderten. Sozusagen war es Eva wohl geglückt, die Menge der fordernden Männer mit deren Wünsche zu reduzieren. So dachte sie zumindest am Beginn der Beziehung. Zumindest bis zur Eheschließung. So sollte es Eva aus ihrer Sicht gelungen sein, die von ihr bis dahin geleistete Leistungen in dem Umfang nicht mehr machen zu müssen. Das für sie wichtige luxuriöse Leben sollte nach wie vor vorhanden und natürlich auch möglich sein. Das wird sie so geplant haben.

Selbstverständlich wurde über diese besondere Lebensgestaltung nicht bei den Gesprächen von Eva mit Sylvia gesprochen. Jetzt hatte Sylvia auch eine andere

Art der Lebensgestaltung bisher geführt. Für sie kam eine Beziehung nur dann in Frage, wenn sie sich einfach nur verliebte. Sie ging davon aus, dass für viele Menschen das in Frage kommen würde. Die Beziehungen mit der Zeit auseinandergehen können, weil sich die Menschen nicht mehr verstehen, wenn sie sich sozusagen entlieben, war auch für Sylvia möglich. Das Trennungen geprüft werden können, besonders auch, wenn noch Kinder in den Beziehungen leben, denen Verantwortung in der Entwicklung zusteht. Im Prinzip war das schon eine spießige Denkweise. Die Sylvia auch bei entsprechender Gelegenheit vortrug. Da passte die Lebensweise von Eva nicht in dieses Lebensbild. Insofern erwähnte Eva das besser nicht bei den Kontakten mit Sylvia.

Für Eva begann die Zeit der finanziellen Probleme. Ihr Ehemann konnte den Ansprüchen der Arbeitgeber nicht gerecht werden. Was natürlich zur Folge hatte, dass er auf Zahlungen des Arbeitsamtes angewiesen war. Es musste ein Plan zwecks der finanziellen Situation erstellt werden.

Zuerst wurde der Ehevertrag erstellt und der sollte auch umgehend gelten. Darin wurde Eva als Alleineigentümerin des Einfamilienhauses aufgeführt. Dem Ehemann wurde nur eine Wohnberechtigung zugewiesen. Es wurde schriftlich aufgeführt, dass eine Verpflichtung zur Unterhaltszahlung sowohl für Eva als auch für das gemeinsame Kind galt. Es schien mehr um die gesetzlich bindende Pflichten für den Ehemann zu gehen.

Dann trennten sich beide von den Möbeln, die dem Ehemann gehörten. Eva kaufte neue Möbel, die auf ihren Namen angeschafft wurden. Sie pflegte noch Kontakte zu einem Bekannten, der sich noch über die Pflege seiner

Füße durch Eva freute. Er hatte keine finanziellen Probleme, ganz im Gegenteil, verlief dessen Leben durchaus als gut. Er zeigte sich großzügig, übernahm die Hausfinanzierung. So konnte Eva auch ein Problem lösen. Wobei sie selbstverständlich den Betrag abzahlen wollte. Dann auch tatsächlich machen konnte. Sie wollte, dass das Haus ihr alleine gehörte.

Der Ehemann plante, ein Geschäft mit Elektrogeräte zu eröffnen. Es lag aber in einer weiter entfernten Stadt. Dazu war die Aufnahme von Krediten nötig. Die Bonität des Ehemannes reichte nicht aus. Das Darlehen war ohne weitere Sicherheiten nicht möglich. So war eine Bürgschaft nötig.

Evas Vater bürgte mit 50.000 Euro. Eigentlich hätte er mit seiner Rente nicht helfen können. Das alte Haus, in dem er selbst geboren und aufgezogen wurde, das er irgendwann selbst von seinen Eltern erbte, in dem mit ihm und seiner Frau seine vier Kinder lebten, in dem Haus, in dem er weiter wohnen blieb, auch als seine Kinder ihr eigenes Leben woanders lebten. Auch als seine Frau starb, wollte er in dem Haus bis zum Schluss bleiben. Mit diesem alten Haus bürgte er für seinen Schwiegersohn, für den Kredit zur Eröffnung des Elektrogeschäftes. In dieser Zeit war Sylvia wieder mit eigenen Problemen beschäftigt.

6.

Bei Sylvia begann ein Anfall ihres Morbus Menière mit dem Gefühl, als hätte sie Watte im Ohr, begleitet von einem leichten Unwohlsein. Es setzte ein Dröhnen im Ohr ein, das selbst ihren Tinnitus übertönte, dann folge ein starker Schwindel. Das weitere unangenehme an dieser Situation war und ist, dass durch diesen Schwindel scheinbar das Gehirn die Botschaft »Vergiftung« gemeldet bekommt. So musste Sylvia stark erbrechen, während dieser Anfälle.

Die Anfälle kamen bei ihr aus dem Nichts und verschwanden wieder in das Nichts. Es ist eine starke physische und psychische Belastung, als Menière Patient/in quasi einer Laune der Natur ausgesetzt zu sein. Morbus Menière ist unberechenbar. Neben dem Tinnitus, der bei Sylvia sehr früh einsetzte, dem Hörverlust und natürlich den psychischen Problemen, die eine solche Erkrankung mit sich bringt, musste sie aber als größtes Folgeproblem, die Irritation ihres Gleichgewichtes betrachten.

Irgendwann verstand Sylvia dann auch, warum Vincent van Gogh sich ein Ohr abschnitt, hoffte dabei, dass seine Anfälle aufhörten. Was nicht geschah. Was ihn letztendlich in den Selbstmord führte. Das Bild, das er von sich malte, dürfte irgendwann mehrere Millionen Euro wert geworden sein.

Wobei schon vor längerer Zeit ein Arzt Sylvia darauf aufmerksam machte, dass sie damit rechnen müsste, irgendwann in einem Rollstuhl zu landen. Was sie natürlich nicht wollte. Sportliche Betätigung schadet nicht. Ganz im Gegenteil. Dann noch einen Anfall nur alle halbe Jahre zu bekommen, ließ sich für sie als Schnupfen oder auch mal ein oder zwei Fehltage im Jahr durchziehen, eben zumindest damals. Das konnte sie sich auch damals bei dieser privaten Sportgruppe durchaus erlauben. Was sie auch tat.

Später führte ihr Morbus Menière, und die damit verbundenen Anfälle, bei Sylvia zu weiterem Hörverlust. Auf einer Seite war sie irgendwann taub. Die andere Seite bereitete ihr ebenfalls Sorge. Es war und ist nicht nur so, dass Sylvia schlecht hören konnte. Ihr war die Fähigkeit abhandengekommen, Geräusche räumlich zuzuordnen, oder auch Geräusche zu filtern. Was in der Praxis bedeutete, dass sie einer Kakophonie begegnete, sobald sie mit mehr als einer Geräuschquelle konfrontiert wurde. Zudem hatte sich der Tinnitus ohne Gnade bei ihr eingenistet.

Irgendwann kamen die Anfälle im Abstand von zwei Tagen, der letzte Anfall quälte Sylvia über viele Stunden. Viel später erinnerte sie sich, dass ihr damals Todessehnsucht in den Sinn kamen, als sie sich in den 30 Stunden des Anfalles befand, vor der Behandlung. Sie erinnerte sich auch daran, dass sich ihre Gedanken darum kreisten, wie sie es schaffen könnte, ihrem Leben ein Ende zu setzen, weil es nicht mehr aufhören wollte. Einen Tag, eine Nacht und noch einen Tag lang drehte sich alles in ihr, musste sie brechen, später nur noch würgen, weil ihr Magen nichts mehr hergab. In diesen Momenten hatte sie keine Angst vor dem Tod. Sie war nur lebensmüde, im wahrsten Sinne des Wortes, und sie stand am Ende ihrer physischen und psychischen Kräfte.

Der Menière wurde von Ärzten dem Innenohr zugeordnet. Das Gehör war dort nicht mehr vorhanden, ihr

Gleichgewicht war stark irritiert. Vermutlich brannte der Menière aus.

Es war eine einsame Entscheidung, in einer Situation, in der ihr jegliche Risikobereitschaft längst verloren gegangen war. Darum ließ sie dieses Desaster in ihrem Innenohr von den Ärzten entschärfen. Dazu wurde eine Art Röhrchen durch das Trommelfell geführt. Alle sechs Stunden lang wurde eine toxische Flüssigkeit in das betroffene Ohr getropft. Nach mehreren Tagen reagierten die Augen und wanderten immer wieder von rechts nach links. Der Eingriff wurde umgehend beendet.

Auch die ohrtoxische Substanz hatte Nebenwirkungen, die Sylvia noch Tage später spüren konnte. Im Schulterbereich, bis hin zu Oberarmen und Zwischenrippenmuskeln verspürte sie eine Art Muskelkater. Für die Sportgruppe hatte Sylvia einfach nur Ferien angesagt.

Es waren dann auch Ärzte, die sich an dieser Geschichte interessierten. Das Trommelfell befindet sich üblicherweise ständig in Bewegung, bedingt durch übliche Schwingungen. Sylvias Trommelfell an einer Seite bewegt sich nicht, in dem Ohr wirkt das Trommelfeld, als wäre es für immer geschlossen worden. Dieser Eingriff führte dazu, dass es zu keinen weiteren Anfällen durch Morbus Menière bei ihr kamen. Etwas in ihr musste sterben, damit sie wieder leben konnte. Was ihr genau später das Leben rettete, was sie damals nicht erahnen konnte.

Es gab ja keine Heilung, kein Wiederherstellen des ganz alten Gesundheitszustandes. Nur ein arrangieren mit dem, was ihr geblieben war. Dazu gehörte auch die Angst. Die hatte zwar nicht mehr diese Macht über sie, bestimmte nicht mehr ihr Leben, war aber latent vorhanden. Es war ein Gefühl, das sich über Jahrzehnte manifestieren konnte. Es wäre vermessen von ihr gewesen, wenn sie erwartet hätte, die Angst nach ein paar Therapiestunden und Selbstreflektion so einfach ablegen zu können, wie eine abgetragene Jacke.

Dabei wurde ihr irgendwann bewusst, dass sie selbst für ihren Erschöpfungszustand verantwortlich war, weil sie es nicht schaffte, sich von der Überholspur, auf der sie all die Jahre unterwegs war, herunter zu begeben. Also war zuerst erforderlich, ihr Leben neu zu organisieren und sich von gewohnten Dingen zu verabschieden. Weniger ist manchmal mehr!

7.

Sylvia musste ihren Wohnungsort neugestalten. Für sie kam kein Treppensteigen mehr in Frage. Außerdem brauchte sie auch im Umfeld einfach nur Ruhe. Es bot sich für sie eine kleine Wohnung im Erdgeschoss auf einem ehemaligen Bauernhof an. Den Garten zu gestalten tat ihr gut. Sylvia war zu sehr mit der körperlichen und auch anstrengenden Arbeit im Garten beschäftigt. Zudem hatte sie noch mit Auswirkungen und Folgen ihrer Erkrankung zu tun.

Nun war sie normalerweise hilfsbereit. Aber zu dem Zeitpunkt war sie einfach zu sehr mit ihren Problemen beschäftigt. So bekam sie zuerst nicht mit, dass dieser Nachbar zu einem Drogendealer hochwuchs. Aus seiner Sicht gesehen, war Sylvia für ihn perfekt. Denn gesundheitlich bedingt, konnte und durfte sie natürlich keine Drogen einnehmen, ebenso auch keinen Alkohol trinken. Aber zuverlässig erschien Sylvia ihm.

Irgendwann kamen Sylvia allerdings dazu eigene Überlegungen. Dann kam ihr aber auch der Gedanke, dass es manchmal Sinn gibt, in einem solchen Fall einfach wegzuschauen, was ihr eine Weile gelang. Bis dann eine Sache passierte.

Begegnet war ihr vor dem Wohnhaus, übrigens nahe einem Wald, ein jüngerer Mann. Er kam von dem Nachbarn, schien wohl gerade dessen Kunde gewesen zu sein. Ihm in Begleitung eine junge Frau. Ohne irgendwie ein Bekannter von Sylvia zu sein, begann er eine Art Monolog.

Er beschrieb, dass diese junge Frau in seiner Begleitung aus gutem Haus kam, sie hätte gerade ihr Abitur geschafft, zur Belohnung Führerschein und ein passendes kleines Auto erhalten, natürlich von den stolzen Eltern, wie er sich ausdrückte. Natürlich wartete das Studium in Münster auf sie und dort auch schon eine kleine Wohnung von den Eltern organisiert. Sehr wohl, dass er der Begleiter der jungen Frau war und auch in Zukunft bleiben wollte.

So erzählte er, dabei schien es, als hätte er auch irgendwelche Pillen eingenommen. Bei dem Gerede dieses Mannes half er der jungen Frau beim Einsteigen der Beifahrerseite. Dabei konnte Sylvia nur einen Moment lang ihren Blick erhaschen.

Sie sah überhaupt nicht gut aus. Die Drogen haben nicht nur Augenzittern bei ihr ausgelöst. Scheinbar hatte die junge Frau eine Überdosis Drogen eingenommen.

Eigentlich hätte Sylvia die junge Frau einfach in ihren Wagen schaffen und mit ihr zu dem nächsten Krankenhaus fahren sollen. Stattdessen ließ sie beide einfach wegfahren. Nichts hat sie getan. So empfand sie das nach diesem Ereignis.

Irgendwann, halt ein paar Tage später, war der junge Mann wieder bei dem Nachbarn, vermutlich benötigte er wieder irgendwelche Pillen, die scheinbar sein Leben angenehmer gestalteten. Sie begegneten sich am Parkplatz und er bat Sylvia, ihn bis in die nächste Stadt in ihrem Wagen mitzunehmen. Irgendwie schien sie wieder hilfsbereit, aber eigentlich wollte sie das nicht mehr sein.

Aber in dem Moment war sie doch einfach nur neugierig. Der junge Mann erzählte von sich aus, was passiert war. Irgendwann habe er die junge Frau zuhause abgesetzt. Irgendwann haben die Eltern den Zustand ihrer Tochter erkannt. Sie kam in eine Klinik und fand nicht mehr zurück, sie dürfte wohl nie wieder zurückfinden werden.

Worüber klagte jetzt der junge Mann? Die Eltern haben ihm verboten, ihre Tochter im Krankenhaus zu besuchen. Das war für ihn nicht so schön. Aber richtig heftig war für ihn, dass er den Autoschlüssel abgeben musste. Mit dem Wagen dürfte er auch nie wieder fahren. Denn es bestand ein absolutes Verbot an Kontakt zu der Tochter und zu dem Auto. Eine Anzeige habe er bekommen, er hätte die Tochter mit Drogen vergiftet. Das war nicht nur für ihn eine Unverschämtheit der Eltern. Denn sowohl er als auch der Drogendealer, der eben auch Nachbar war, waren der Auffassung, dass jeder Mensch ab 18, auch schon jünger, wissen muss, wie Pillen wirken und zu viele sollten dann auch nicht eingenommen werden. So war die junge Frau selbst Schuld an dem was ihr geschehen war.

Im Grunde genommen fühlte sich Sylvia als Versagerin. Es wäre vielleicht nur ein Hauch Hilfe gewesen, die sie der jungen Frau hätte geben müssen. Wegschauen, nicht helfen, mag die Normalität zu sein. Sylvia warf das in eine Schuld, unter der sie tatsächlich litt, was sie bis dato sogar noch spürte.

Nun ist es in der Tat nicht so gut, sich mit solchen Leuten anzulegen. Es war auch Sylvia klar, dass es Sinn gab, relativ schnell den Wohnraum aufzugeben. Der Drogendealer war sich selbst schon sein bester Kunde. Was in seinem Geschäftsbereich zu eigenen Problemen führte. Wobei Sylvia auch Gespräche mit zuständigen Beamten führte. Das schien keine gute Entscheidung für sie gewesen zu sein.

Es gehörten weder Sylvia noch die weiteren Nachbarn zu seinen Kunden, auch eigentlich nicht zu seinem Dunstkreis. Trotzdem teilte er Sylvia mit, dass er dafür sorgen würde, dass mit ihr niemand mehr zu tun haben wollte. Komisch war für Sylvia schon, dass alle weiteren Nachbarn sich ihr gegenüber so verhielten. Noch nicht einmal mehr wurde sie gegrüßt. So hatte er durch sein Tun in der Sache tatsächlich seinen Dunstkreis erweitert. So sorgte er auch für Sylvias soziale Isolation vor Ort.

Das gelang ihm, obwohl bereits bei ihm die erste Durchsuchung seiner Wohnung durchgeführt wurde.

Vermutlich wäre es besser für ihn gewesen, über seine Art und Weise nachzudenken.

Was er über Sylvia erzählte, interessierte sie damals nicht. In seiner Sache wurde später offiziell ihr Name nicht erwähnt. Irgendwie hatte sie auch Glück, so fand sie eine Wohnung für sich weiter entfernt. Mit einem kleinen Garten.

Der Dealer machte weiter, so brauchten die zuständigen Sachbearbeiter in der Tat noch zwei weiteren Durchsuchungen. Irgendwann landete der Dealer auch im Gefängnis, es waren um die drei Jahre die er bekam, und seine Kunden mussten sich einen neuen Drogenbeschaffer suchen. Dann kam endlich Ruhe zurück in den alten Bauernbereich, was Sylvia auch nicht mehr interessierte.

Sylvia wurde irgendwann danach an ihrem neuen gefundenen Wohnort von einem alten Kunden des Dealers angesprochen. Er warf ihr vor, sie hätte seinen Dealer in den Knast gebracht. Worauf sie ihm antwortete, dass es dann wohl Sinn gäbe, besser einen großen Bogen um sie zu machen, nicht, dass sie das noch einmal machen könnte.

Irgendwie musste dieser Mann über ihre Worte nachgedacht haben.

Komischer Weise begegnete ihr danach in diesem neuen Ort irgendwie keine Personen, die mit Drogen zu tun haben. Nicht, dass sie wegschaute. Eher wurde und wird ihr wohl aus dem Weg gegangen. Ob sie das mutig gemacht hätte? Eigentlich wollte sie nur noch ihre Ruhe haben. Wenn es aus ihrer Sicht Leute gab und nach wie vorgibt, die dem glauben, was ihnen ein Dealer mitteilt, kann Sylvia in ihrem Umfeld gut verzichten. Wobei sich eine solche Einstellung von ihr auch auf andere Kriminelle nach wie vor beziehen. Wobei es aber erstaunlich wurde, auf welche Möglichkeiten solche Macher zugreifen konnten und auch noch können. Zumal es Sylvia deutlich wurde, dass sie nicht nach ihnen suchen würde, von Kriminellen wird sie gefunden.

8.

Was Sylvia sich vornahm war, dass sie sich nach Möglichkeit nie wieder in eine Situation brachte, dass sie aus der Wohnung wieder ausziehen müsste. Das war ihr im Leben zu oft geschehen, dass sie in Situationen kam, die sie dann quasi zur Flucht gezwungen wurde.

Dazu kam natürlich, dass sie nicht mehr dem Arbeitsmarkt zur Verfügung stand. Etwas, was ihr eigentlich schon sehr lange klar war. Sie hatte in all den Jahren gutes Geld verdient, natürlich auch entsprechend Rentenbeiträge eingezahlt. Sie hoffte natürlich, länger einzahlen zu können.

Irgendwann, nach dem Eingriff, musste sie mit 50 Jahren bereits doch in Rente gehen. Erhielt allerdings schon mehr Geld, als sie unter anderen Umständen von dem Sozialamt bekommen würde. Zudem schränkte sie ihr Leben einfach ein. Sie nahm sich eine kleine Wohnung. Verzichtete auf ein PKW, legte sich einen Tretroller zu, nutzte aber auch einen Bus, um an einem Tag in der Woche die andere Stadt aufzusuchen, um die Sportgruppe weiter zu führen. Die einzige Sportgruppe, die ihr nach dem ganzen Desaster noch möglich war.

Die Wohnung und auch der kleine Garten wirkten auf sie, dass sie auch endlich in Ruhe alt werden könnte. Die Wohnung war preiswert, hatte natürlich nicht die luxuriöse Ausstattung, die ihr aus früheren Leben bekannt war. Das war kein Problem für sie.

Mit der Nachbarin, einer älteren Dame, kam sie sehr gut klar. Sozusagen kümmerten sich zwei Gartenliebenden nicht nur um die eigenen Gärten, die Anlagen um das Haus wurden auch von beiden gepflegt. Die Mieter im ersten Stock waren auch sehr nett und auch hilfsbereit. Irgendwie galt für die Mieter, dass eine Hand die andere Hand wäscht, ein Spruch, der für alle Mieter galt.

Irgendwann sprach Eva Sylvia an und fragte sie, ob sie nicht vor der Sportübung bei ihr vorbeikommen könnte. Sie wollte ihr etwas zeigen. So bekam Sylvia endlich auch mal die Gelegenheit, sich das Haus von Eva betrachten zu können. Das habe sich in der langen Vergangenheit nicht ergeben. Sylvia fand, dass die Zeit schnell vergehen würde.

Sie wunderte sich, dass auch der Ehemann von Eva anzutreffen war. Sie kannte den in der Tat nur durch Erzählungen von Eva. Persönlich hatte sie ihn weder vorher kennengelernt, noch mit ihm einmal am Telefon gesprochen.

Sylvia hatte sich nie Gedanken darübergemacht. Von Eva wusste sie, dass ihr Mann für sie sozusagen ein Fehlgriff war. Das konnte Sylvia bei diesem Treffen deutlich nachvollziehen.

Er redete über sein neues Geschäft, dass er vor kurzem in der weiter entfernten Stadt eröffnete. Bereits im ersten Monat kamen in der Nacht Einbrecher, die das Geschäft völlig ausräumten. Er meinte, bereits entsprechend reagiert zu haben.

Seine Art zu sprechen, überhaupt auch diese Art seiner Schilderungen, wirkte auf Sylvia anstrengend. Eva dagegen reagierte auf seine Darstellung völlig gleichgültig, sie lächelte nur. Er berichtete zudem, dass er selbst ein PKW höherer Klasse geleast habe, für seine Frau, wie er auch mitteilte, einen kleineren Wagen, der auch aus der entsprechenden Klasse kam. Natürlich hatte Sylvia ihn gefragt, warum er nicht zu dieser Zeit in dem Geschäft wäre. Sie war immer der Meinung, dass eine Selbstständigkeit, und die besonders in der ersten Zeit, die quasi Geschäftsführer zur Anwesenheit fordert. Er antwortete, dass er dafür Angestellte hätte. Sylvia konnte diesen Mann nicht länger ertragen. Warum sie vorbeikommen sollte, wollte sie nicht erfahren. Unter dem Vorwand, wieder einen Bus erwischen zu müssen, verließ sie die Eheleute.

Später fehlte Eva zu der Sportstunde. Das begrüßte Sylvia schon, denn sie verspürte kein Interesse, an dem Abend mit Eva ein Gespräch zu dem Haus, dem Ehemann oder dessen geschäftlichen Tätigkeiten zu führen.

Sylvia war deutlich klargeworden, dass es durchaus drei Monaten bis zu einer Insolvenz des Geschäftes dauern kann. Eigentlich hatte sie kein Interesse daran gehabt, Eva in der ihr kommenden schweren Zeit beizustehen.

Sylvia wunderte sich in der folgenden Zeit schon, dass Eva völlig entspannt wieder bei der Sportstunde mitmachte. Es kam kein Hinweis zu dem Zustand des Geschäftes. Zudem keine Kenntnis der Gruppe darüber, dass es überhaupt eine geplante und umgesetzte Geschäftsidee der Eheleute gegeben habe. Wobei auch die Mitglieder der Sportgruppe den Ehemann der Eva nie kennenlernten. Der auch irgendwie nie zum Thema wurde.

Es waren zwei Monate vergangen, da rief Eva an. Sie schilderte Sylvia, irgendwie dabei in Tränen aufgelöst, dass das Geschäft ihres Mannes in der Insolvenz sei. Schließlich wäre es tatsächlich, so ihre Schilderung weiter, noch zu einem weiteren Einbruch gekommen. Die Angestellten haben ebenfalls Elektrogeräte aus dem Geschäft gestohlen. Das hätte dann schließlich ihren Mann ruiniert.

Bei diesem Telefonat hatte Sylvia der Anruferin klargemacht, dass es für sie besser wäre, sich eine eigene Wohnung zu suchen. Das Haus wird sie und er nicht halten können. Das wird unter den Hammer kommen. Von was wollte sie mit dem Kind auch leben, der Ehemann wird sie nicht finanzieren können und sie habe doch auch keine Arbeit.

Das wollte Eva nicht hören, denn sie war darüber entrüstet, dass auch verlangt wurde, dass sie ihr Auto zurückgeben sollte. Für Sylvia war das eine unmögliche Situation. Natürlich fragte sie Eva, welche Position oder auch was sie für sie darstellen würde. Sie bekam zur Antwort, dass Sylvia für sie die beste Freundin sei.

So hatte sie sich selbst nie betrachtet. Natürlich hätte sie auch antworten müssen, dass Eva das für sie nie war und auch nie wird. Das brachte Sylvia nicht fertig. Für sie war Eva in einer völlig zerstörenden Situation, wo sie sicher jede Menge Freunde brauchen würde. Später, sogar viel später musste Sylvia feststellen, dass sie das wieder völlig falsch sah.

Eva fehlte wieder längere Zeit bei der Sportstunde. Sie wurde nicht vermisst. Es wurde auch nicht über sie geredet. Irgendwann rief sie Sylvia an. Berichtete über ihre Situation und das so vieles geschehen war, was sich bei Eva in der letzten Zeit ereignet habe.

Sie berichtete, wohl auch irgendwie eher nebenbei, dass sie zu ihrem Vater wollte, der in seinem Wohnzimmer auf dem Boden lag und sie sich sofort um ihn kümmerte. Sie rief auch einen Rettungswagen, dass sie selbst bis zur Ankunft von Sanitäter und Notarzt erste Hilfe bei ihrem Vater gab. Der Notarzt stellte dann bei dem Verstorbenen vorab den Totenschein aus.

Es waren ja auch diese 50.000 Euro der Bürgschaft des Vaters. Von den vier Kindern, die das Haus erbten, wollte es keiner übernehmen. So wurde das Haus schnell und irgendwie auch preiswert verkauft. Es war wohl die Summe 200.000 Euro von der Eva sprach. So hätte eigentlich jeder 50.000 Euro erhalten sollen.

Dummerweise wurde aber erst von den zuständigen Sachbearbeitern 50.000 Euro abgezogen, für den Teil der Bürgschaft für die offenen Verbindlichkeiten aufkommen musste und wurde in der Insolvenzforderung abgezogen. So blieb für die Erben die Summe 150.000 Euro. Diese Summe ergab natürlich für jeden nur noch 37.500 Euro.

Eva beschwerte sich über das unmögliche Verhalten ihrer Geschwister. Die haben tatsächlich erwartet, dass sie auf ihre Summe verzichtet. Denn immerhin gab es ja den Kredit des Ehemannes. Wobei von dieser gescheiterten Geschäftstätigkeit haben die Geschwister erst nach dem Verkauf des Hauses Kenntnis erhalten. Eva meinte dann, dass sie keinen Kontakt mehr mit ihren Geschwistern haben wollte. Vermutlich dürfte das in erster Linie der Wunsch der Geschwister gewesen sein. Ihr Mann hätte dann auch eine Arbeit gefunden.

Auf der einen Seite ging Evas Schilderungen Sylvia auf die Nerven. Auf der anderen Seite spürte sie einen Hauch von Mitleid für Eva. Denn sie wollte eigentlich das Gespräch beenden, meinte auch, dass ein solcher Stress nicht gut für die Sportstunde sei. Es könnte so schnell zu Verletzungen kommen. Und dann würde Sylvia auch für Telefonate keine Zeit mehr haben, denn sie müsste an einer Broschüre arbeiten, dazu Fotos erstellen lassen. Auch würde im Moment ihr Computer Probleme machen. Sie würde einfach keine Zeit mehr für Eva haben.

Damit hat Sylvia dann doch nicht gerechnet. Auf jeden Fall wollte Eva helfen, bei den Fotos mithelfen und ihr Ehemann hätte schon Kenntnis von Computern, er würde das selbstverständlich für Sylvia tun. Also war der Versuch von Sylvia irgendwie eher dumm gelaufen. Zumal der Ehemann später tatsächlich eine ordentliche Summe für seine Tätigkeit wünschte. Was Eva dann von Sylvia einkassierte.

Er teilte nur mit, dass ihm nichts mehr gehören würde. Danach kam Eva ohne ihn vorbei, machte Fotos von Sylvia, die sie brauchte um das kleine Büchlein heraus zu bringen. Natürlich erwähnte sie die Hilfe der Beiden in dem Heft, bedankte sich schriftlich dafür.

Im Grunde genommen hätte Sylvia die Gespräche und das weitere geschilderte Geschehen vergessen können. Aber viel später sollte das Ganze noch eine Wirkung auf eine andere Sache haben.

Natürlich blieb Eva in ihrem Haus wohnen. In der Sportstunde nahm sie dann wieder regelmäßig teil. Berichtete irgendwann den weiteren Frauen, dass ihr Kind in dem größeren See einen Segelschein gemacht und sogar einen vorderen Platz bei einer dort stattgefundenen Segelregatta erreichten. Natürlich war das Kind auch im Tennisverein sportlich aktiv. Sylvia kam schon der Gedanke und dann der Versuch, Eva an einem mittlerweile monatlichen Teilnahmebeitrag hinzuweisen. Eva fand natürlich Ausreden, dass sie das nicht zahlen könnte. Die Beiträge für die Vereine hätte sie irgendwie geregelt bekommen. Aber in der Konsequenz machte sie später keine Hinweise mehr über kostenpflichtige Aktivitäten ihres Mannes oder ihres Kindes. Diese Insolvenz des Ehemannes von Eva, war sehr wohl Sylvia bekannt. Die weiteren Frauen der Sportgruppe sollten das nicht erfahren.

Irgendwann fühlte Sylvia wieder einen Hauch von Mitleid für Eva. Bei Telefonaten, die Eva wieder regelmäßig mit Sylvia führte und darin erzählte, dass die Beziehung mit ihrem Ehemann sehr schwierig geworden sei. Zum einen wurde er beruflich als Zeitarbeitnehmer tätig. Das bedeute doch schon einen finanziellen Nachteil für ihn und selbstverständlich daraus folgend auch für sie. Der ständige Wechsel seiner Tätigkeiten wirkte sich zu einer Unzufriedenheit bei ihm aus. Also wurde er zum anderen sehr launisch.

Allerdings bekam er, so aus Evas Meinung, scheinbar Schlafstörungen. Darum griff er regelmäßig zu abendlichen Alkohol, weil daraus folgend, das zentrale Nervensystem gedämpft und daraus beruhigend wirkte.

Wobei Eva bereits seit längerer Zeit in dem Haus für den Ehemann ein Schlafzimmer, eben ein getrenntes von ihr, einrichten ließ. Dieser Faktor schien aber ebenfalls auf den Ehemann sehr negativ zu wirken.

9.

Sylvia erinnerte sich an Dinge, die sie aber damals als solche nicht verstehen konnte. Darum gab es wieder Sinn, diese Gedanken zuzulassen. Merkwürdiger Weise erinnerte sie sich an die Ermordung des John F. Kennedy, 35. Präsident der Vereinigten Staaten von Amerika. Sylvia war ein Kind, ihre Eltern besaßen einen Fernseher, es war dort in schwarz/weiß zu sehen, wie dieser Mann in Begleitung seiner Ehefrau in einem offenen Wagen mitten durch Dallas gefahren wurde und dabei den an der Straße stehenden Menschen lachend zuwinkte.

Der dann von einem Menschen erschossen wurde. Seine Frau war zu sehen, wie sie aus dem Wagen flüchten wollte. Sie hieß Jacqueline. Sie war mit dem mächtigsten Mann der Vereinigten Staaten von Amerika verheiratet. Das geschah 1963. Später, es war 1968, heiratete

Jacqueline den griechischen Schifffahrtsmagnaten Aristoteles Onassis. Sylvia war noch ein Kind. Natürlich sah sie Bilder auch Filme und konnte Onassis betrachten. Verstanden konnte sie diesen Schritt von Jacqueline nicht.

1975 starb Aristoteles Onassis. Sein Vermögen erbte seine Tochter. Jacqueline erbte auch von ihm. Geschätzt wurde eine Summe zwischen 20 und 26 Millionen Dollar. Zu diesem Zeitpunkt fühlte Sylvia ihre Pubertät fast überstanden zu haben. Irgendwie brachte diese Information eine Klärung der bestehenden offenen Fragen, die Sylvia eben als Kind noch hatte.

Es war auch eine logische Erklärung, dass es nicht unbedingt eine große Liebe sein müsste, wenn im Gegensatz sehr viel Geld eine Rolle spielt. Besonders der Begriff Millionen hatte und hat noch immer eine besondere Wirkung. Es war die Art, wie Jacqueline den Onassis ansah, jedenfalls zu Beginn der Beziehung. Dieses Bild von den Beiden hatte Sylvia irgendwie und irgendwo verinnerlicht.

Irgendwann kam der Tag, an dem Eva ihren neuen Bekannten auch Sylvia, natürlich telefonisch, mitteilte. Sie sagte, dass sie sich noch nicht so richtig entschieden habe. Sylvia erinnerte sich daran, dass es ihr eigentlich völlig egal war, welche Entscheidungen Eva für sich traf. Unfreundlich wollte sie aber nicht sein.

Eva brauchte in der Sache wirklich eine gute Vertraute, deren Wohnung weiter entfernt von der eigenen war. Mit dem neuen Bekannten wollte sie das kommende Wochenende verbringen. Darum dachte sie, ihren Wagen bei Sylvia abzustellen. Sie plante dann in dem PKW des Mannes zu einem etwas noch weiter entfernten

Ort zu fahren, um dort das Wochenende mit ihm zu verbringen. Ihrem Ehemann wollte sie mitteilen, dass sie das Wochenende bei Sylvia verbringen würde. So bat sie auch Sylvia, sich entsprechend freundschaftlich zu verhalten, wenn ihr Ehemann das telefonisch kontrollieren wollte.

Nun war Sylvia nicht mit dem Ehemann von Eva näher bekannt. Er dürfte, wie sie ja auch schon selber feststellen konnte, sehr anstrengend sein. Dass sie jetzt versuchte, aus der Ehe zu flüchten, in dem sie sich einen neuen Partner suchte, war auch für Sylvia zu verstehen. Natürlich hatte sie sich bereit erklärt, den Beginn der Affäre zu unterstützen.

Es war eigentlich ein Zufall, dass Sylvia in ihrem Schlafzimmer stand, als sie von dort sehen konnte, wie Eva vor dem Haus ihren Wagen parkte. Sie stieg aus und wandte sich Richtung Straße. Dort parkte der Bekannte, mit dem Eva das Wochenende verbringen wollte. Natürlich blieb Sylvia in ihrer Position, denn von dort aus konnte sie einen ersten Blick auf diesen Mann werfen, ohne von ihm und auch nicht von Eva gesehen zu werden.

Es war ja eigentlich nur ein Moment, in dem Sylvia die Beiden betrachtete. Wie sie beide den Weg bis zum Eingang des Hauses gingen. Eva lächelte, wirkte verliebt. Er schien sich zu freuen, von Eva so betrachtet zu werden. Es war eine Art die Sylvia plötzlich empfand, dass sich etwas aus ihrem Keller der Seele befand und dass eigentlich der Pförtner bewachte, aber dass es tatsächlich Sinn gab, für einen kurzen Moment die Intuition zuzulassen. Dieser Mann musste um viel Geld verfügen, so war, für diesen Moment, eine Art inneres Gefühl, das Sylvia spürte, und genau das musste Eva auch sehr bekannt gewesen sein. Später meinte Eva, wenn sie nicht verheiratet wäre, dürfte Wolf ein Ehemann für sie gewesen sein.

Erinnern konnte sich Sylvia nicht mehr, wo Wolf, so war sein Vorname, im Bauwesen mit seinem Unternehmen aktiv war, aber es muss in einem sehr profitablen Bereich gewesen sein.

Selbstverständlich informierte Eva, wenn auch nur nach und nach und dann auch erst oberflächlich, über die Situationen ihres neuen Liebhabers, wie Eva Wolf selbst bezeichnete. Seine noch Ehefrau wäre bereits zu einem neuen Partner gezogen. Die meisten Dinge, also ihre Sachen, hatte sie bereits aus dem bisher gemeinsamen Haus, das aber gemietet war, geholt. Dazu zählten auch ihre Pferde, die bislang nahe des Hauses auf Wiesen und Stallungen standen. Ihr neuer Partner besaß wohl auch dafür entsprechenden Möglichkeiten.

Direkt bestand also nicht unbedingt ein »Scheidungskrieg« zwischen dem Ehepaar. Oder vielleicht doch. Das erfuhr Sylvia dann irgendwann, dass Wolf vor Zeiten Probleme mit seinem Unternehmen gehabt hätte. So trug seine Ehefrau die Verantwortung für den Betrieb, zu mindestens auf dem Papier. So kam natürlich die Überlegung, den Betrieb, sozusagen, gegen die Wand fahren zu lassen und bereits vorab, Eva als »neue« Unternehmerin eintragen zu lassen.

Zu verstehen war es sogar Sylvia, dass es dort vermutlich finanzielle Probleme geben würde. Natürlich dürfte die noch Ehefrau von ihm auf finanzielle Zahlungen angewiesen sein. Dann war auch in der Beziehung ein Kind entstanden. Wobei Eva erzählte, dass Wolf sie nie geheiratet hätte, wenn sie nicht von ihm schwanger geworden wäre. Er sagte zu Eva, sie seien sich einfach zu spät begegnet.

Natürlich wäre es wieder für Sylvia besser gewesen, einen Strich unter der Bekanntschaft zu Eva und denen, die sie umgeben, zu ziehen. Sie bereut es sehr, genau diesen Strich nicht gemacht zu haben. Sie hätte einfach Eva zu diesem Zeitpunkt aus der Sportgruppe schmeißen sollen.

Dabei waren Eva und ihr Liebhaber Wolf in dieser Zeit zu Sylvia noch sehr freundlich.

10.

An einem Tag brüllte die Sonne mit ihrer Hitze aus dem Himmel herunter. Relativ früh bewegte sich Sylvia zu einem Lebensmittelgeschäft, um Einkäufe für den Tag zu erledigen. Sie wollte gerade los und bereits die Klinke der Wohnungstür in der Hand, als ihr Telefon klingelt. Eva war aufgebracht, irgendwas müsste passiert sein. Darum würde sie ihren Wolf aufsuchen. Scheinbar brauchte er ihre Hilfe. Für Sylvia war das eher eine Information.

Nach ihrem Einkauf versuchte sie, Wolf anzurufen, konnte ihn aber nicht erreichen. Eva hatte eine Mail an Sylvia weitergeleitet. Wolf schrieb Eva, dass ein Brief an Sylvia geht, gerichtet an Eva und auch deshalb, damit ihr Ehemann nicht die Post von ihm unterschlagen könntet.

Das Ganze entwickelte sich auch für Sylvia durchaus dramatisch. Sie wurde irgendwann von Eva auf ihrem Handy angerufen. Sie wäre bei ihrem Liebhaber Wolf, der gerade seine Ehefrau getötet habe. Beide warteten auf die Polizei, sie hätte ihm Kaffee gekocht, damit er sich beruhigen würde.

Natürlich hörte Sylvia das Desaster auch später aus dem Radio und dort in den Nachrichten. Eva meinte später bei ihrer Vernehmung durch die Polizei, dass Wolf für sie nur ein guter Bekannter sei. Abends rief Eva Sylvia an, war aufgeregt und weinte. Wobei Sylvia sich erinnerte, dass sie Eva fragte, ob die Kriminalpolizei auch nach den Handys fragte. Doch, sie musste ihr Handy abgeben, darin auch mit der Info, dass ein Brief an Sylvia geschickt worden sei. Sie wollte versuchen, einzuschlafen. Danach rief der Ehemann von Eva an, er teilte Sylvia mit, dass ein Bekannter seine Ehefrau getötet hatte.

Wobei Sylvia damals davon ausgegangen war, dass die Polizei am nächsten Tag ihre Post kontrollieren würde. Was nicht passierte. Sylvia rief irgendwann am nächsten Tag bei Eva an. Es wäre ein Brief angekommen, an Sylvia adressiert. Es befand sich in dem Brief ein zweiter Brief. Der habe Eva als Adressatin. Eva sagte, dass Sylvia den Brief für sie öffnen solle. Was sie tat. Sylvia fielen 350 Euro entgegen. Das sagte sie umgehend Eva. Sie blieb ruhig, sagte aber, Sylvia solle das Geld sofort irgendwo in ihrem Wohnzimmer verstecken. Was sie tat und keine Fragen stellte.

Wenn sie heute das Verhalten von ihr aus der Sicht betrachten würde, fiel ihr ein Gespräch mit dem Dealer ein, das sie irgendwann führte. Der Grund fiel ihr nicht mehr ein. Damals lachte der Drogendealer und meinte, dass man nur wissen müsse, wie sie funktioniert. Dann kann man sie problemlos zu einer nützlichen Idiotin formen. So einfach wäre es und das auch schon immer.

Sylvia begann, das Schreiben vorzulesen. Den Brief begann Wolf wie ein Liebesbrief, um dann Eva um Verzeihung für seine Tat zu bitten. Wolf beschrieb Eva als seine große Liebe, dass sie ihm die schönsten Momente seines Lebens gegeben habe. Er sah aber keine Lösung mehr für beide. Für Sylvia wurde der Brief immer mehr zur Zumutung.

Sie erinnerte sich auch ganz genau, dass er das Wort »Endlösung« benutzte. Er beschreibt, dass seine Ehefrau ihn betrogen, dass sie ihn bestohlen hätte. Er selber habe sie nicht kontrolliert, das wäre sein Fehler gewesen. Aber dann musste er den Entschluss treffen, dass seine Ehefrau dafür sterben wird. Mit einem Satz, in dem er sehr beleidigende Worte für sie nutzte und ganz deutlich hinwies, dass sie dafür nicht mehr weiterleben dürfe. Wieder bittet er seine Geliebte Eva für seine Tat um Verzeihung.

Dann waren zwei Hinweise als Anhänge zu finden. Zum einen wies er sie darauf hin, dass er einem Bekanntem, eben ein Jäger wie er, ein entsprechendes Schreiben zugesendet habe. Der dürfte also auch von ihm seine Waffen erhalten haben. Eva sollte ihn ansprechen, er müsste ihr das Geld für die Waffen geben. Zum anderen sei nur noch der kurze Hinweis zu sehen, dass Eva Sylvia 50 Euro geben sollte.

Eigentlich war mit den drei Seiten genug beschrieben worden. Aber es gab noch eine vierte Seite, die Sylvia auch noch vorlesen sollte. Darin stand, dass Wolf bereits vor drei Wochen den festen Entschluss fasste, seine Ehefrau zu töten. Da wäre er noch mit Eva in einen kurzen Urlaub gefahren. Sie war für ihn sein letzter Traum, ein Abgang, wie aus dem Bilderbuch.

Doch sein Hass auf seine Ehefrau war so groß, dass er nicht anders konnte. Seine Firma stand vor der Zahlungsunfähigkeit. Dabei wäre eigentlich genug Geld da gewesen, die Firma hätte weiterlaufen können, aber seine Ehefrau dürfte alles weggeschafft haben.

Eva schwieg. Sylvia auch. Nach einer Weile meinte Eva, dass sie sich am Abend noch melden würde und legte auf. Im Grunde genommen war eigentlich bekannt, auf welche Art und Weise Sylvia funktionieren würde.

Aus Sylvias Empfinden heraus hatte sie eine Verpflichtung. Eben einen solchen Brief, der unmittelbar nach einem, aus ihrer Sicht Mord, an sie gesendet worden war, der Polizei zu übergeben. Zumal es in der Tat bereits den Beamten klar gewesen sein müsste, dass ein solches Schreiben an Sylvia übersendet wurde. Denn per SMS wurde das als Info verschickt und diese Handys befanden sich bei der Polizei.

Bis auf das von Sylvia. Der Inhalt des Schreibens dürfte durchaus als Zumutung zu betrachten gewesen sein. Selbstverständlich rief sie bei der Polizei an und machte schon richtig Druck, dass dieses Schreiben ganz schnell aus ihrem Bereich geholt wurde. Was dann auch geschah. Dass dieses Schreiben für den Täter sehr zum Nachteil bei Gericht gewertet würde, dürfte schon klar sein.

Irgendwann in den folgenden Tagen kam Eva zu Sylvia. Sie bat, einen Brief für sie zu bunkern. Es war ein

Schreiben, das er an sie geschickt hatte. Sie würde fürchten, dass ihr Mann das Schreiben finden könnte. Natürlich teilte Sylvia ihr mit, dass das erste Schreiben bereits bei der Polizei liegen würde. Sie wäre für so etwas verpflichtet. Es war schon merkwürdig, wie Eva darauf reagierte. Sie meinte, dass Wolf dafür wegen Mord und nicht wegen Totschlag verurteilt wird. Dafür muss der Täter eine lebenslange Freiheitsstrafe antreten, das bedeutet mindestens 15 Jahre.

Dafür, dass sie den geliebten Mann quasi endgültig verloren haben dürfte, machte sie dazu einen gelassenen Eindruck. Sie fragte, irgendwie als wäre es nicht wichtig, ob sie auch das Geld wieder in den Umschlag gesteckt hätte.

Es war merkwürdig. Das Geld hatte Sylvia vergessen. Die Scheine waren von ihr nicht mehr sichtbar unter einem Blumentopf versteckt worden. Das war für Sylvia eine merkwürdige Reaktion gewesen. Sie war aber auch froh, dass sie das für sich auch klären konnte. Selbstverständlich gab sie sofort Eva die volle Summe. Sie konnte betrachten, wie schnell Eva reagieren konnte. Die 300 Euro verschwanden in ihrer Tasche. Den 50 Euro Schein gab sie Sylvia. Natürlich konnte sie sich das nicht erklären. Sie bekam von Eva ganz entspannt erklärt, dass doch in dem Brief stand, dass sie ihr das Geld geben sollte.

Es war doch ein nebensächlicher Satz.

Irgendwie bat sie Sylvia, bei dem Gericht für Wolf um Gnade zu bitten. Denn sie hätte eigentlich Sylvia vorher bitten müssen, der Polizei den Brief nicht zu übergeben. Er hatte sie darum gebeten, bevor die Polizei kam und ihn mitnahm. Wolf dürfte bereits bereut haben, seine Tat schriftlich an Sylvia zu schicken. Seine Tat als solche bereute er nicht.

Die Polizei müsste doch an den Handys sehen, dass Wolf da ein Schreiben nach seiner Tat in einen Postbriefkasten geworfen hatte. Sylvia könnte ja auch einfach gesagt haben, dass kein Brief angekommen wäre. Das dürfte auch ihr Kumpel so machen, der seine Waffen übernahm.

Eva meinte, dass sie so durcheinander gewesen war, dass sie völlig vergessen habe, dass auch Sylvia mitzuteilen. Wobei sie eigentlich wusste, wie zuverlässig Sylvia doch war und ist. Wenn sie jetzt um Gnade bitten würde, könnte das den Täter beruhigen und er auch nicht denken, dass Sylvia ihm nur Schaden zufügen wollte, als sie den Brief der Polizei gab.

Sylvia funktionierte. Wobei sie wieder feststellen musste, dass eigentlich beide immer noch sehr nett zu ihr waren. Für sie gab es Sinn, dem Gericht zu schreiben, eben für Wolf eine Lanze zu brechen. Was sich Sylvia später nicht mehr verzeihen konnte.

Nach und nach erfuhr auch der Ehemann, dass seine Eva über längere Zeit ein Verhältnis mit einem anderen Mann erlebte. Jeden Abend rief er Sylvia an, dann, wenn sich Eva von ihm in ihr Schlafzimmer verzogen hatte. Wenn er sich mit Alkohol Mut antrank. Die Telefonnummer von Sylvia dürfte er bereits vor Zeiten von Eva erhalten haben. Zu einer Zeit, um Sylvia als Alibi zu gebrauchen, sie als Ausrede zu sehen, um sich in Ruhe mit dem Liebhaber Wolf zu treffen und mit ihm die Zeit zu verbringen. Jetzt sollte Sylvia auch nützlich werden, um Eva wenigstens abends Ruhe von ihrem Ehemann zu bekommen.

Es wurde für Sylvia zu viel. Sie gab auch Eva den guten Rat, ihn aus dem Haus raus zu schmeißen. Sie besitzt schließlich die Möglichkeit, darauf meinte vor Zeiten Sylvia schon hingewiesen zu haben. Auch, dass er seine gescheiterte Ehe mit einem Auszug in eine logische Konsequenz führen sollte. Dadurch, dass Sylvia diesen Ehebetrug von Eva unterstützte, wirkte der Terror des betrogenen Ehemannes als Strafe dafür. Aus der Affäre seiner Frau schien mehr geworden zu sein, bis zu dem Moment, als der Liebhaber von Eva seiner noch Ehefrau das Leben nahm.

Der Ehemann rief Sylvia wieder an, war natürlich angetrunken. Er teilte ihr mit, dass er sein Leben beenden würde. Er wollte sich in der Garage des Hauses aufhängen. Seine Frau könnte ihn dann dort finden. Dann legte er auf.

Es kamen Sylvia schon Gedanken zu dieser Aussage des betrogenen Ehemannes. Zum einen überlegte sie, dass sie eigentlich auch wieder verpflichtet wäre, eine solche Mitteilung ernst zu nehmen. Dann zu versuchen, das zu verhindern. Auch, dass es nicht gut wäre, wenn er das wirklich macht und das Kind ihn finden würde. Wer eigentlich dafür zuständig wäre, wusste sie nicht, entschloss aber, die Polizei davon in Kenntnis zu setzen. Sie selber konnte auch nicht sagen, ob die Aussage wirklich ernst genommen werden könnte. Sie hätte auch nicht die Möglichkeit, es selbst zu überprüfen.

Es war wohl auch so, dass nach einiger Zeit die Polizei zurückrief. Der Beamte war richtig ungehalten und unterstellte, dass Sylvia da eine Aussage erfunden hätte. Der Betroffene würde das nicht machen. Seine Ehefrau meinte das wohl auch. Es war halt die Art von Eva. Was genau bei dem Gespräch mit dem Beamten heraus kam, konnte sich Sylvia nicht mehr genau erinnern. Für sie als funktionierende nützliche Idiotin bröckelte die entsprechende Fassade, die Eva für Sylvia aufbaute. Das musste Eva dann auch gemerkt haben, als sie etwas später anrief. Sylvia konnte ihr klarmachen, dass sie auf gar keinen Fall weiter mit ihrem Ehemann sprechen wollte. Es wäre auch gut, wenn es Eva gelingen würde, ihn davon zu überzeugen, keine Kontakte zu ihr mehr zu versuchen. Was tatsächlich auch geschah.

So berichtete Eva nach einiger Zeit, dass ihr Ehemann eine Wohnung für sich in der nächsten Stadt gefunden hättet. Sylvia fragte, wie das alles finanziert werden sollte, schließlich sei ihr Mann noch in der Insolvenz. Eva meinte, dass sie etwas Geld von Wolf zurückgelegt habe. Es waren einige Dinge, die sie sich leisten konnte, eben auch das Haus, in dem sie auch weiter wohnen blieb und sogar relativ schnell, komplett bezahlen konnte. Von dieser Rücklage, vermutlich.

11.

Sylvia erhielt die Mitteilung des Landgerichtes, es war ein Termin für die Verhandlung des Mannes Wolf, der seine Ehefrau getötet hatte. Sylvia sollte am zweiten Tag im Gericht erscheinen, um dann eine Aussage zu machen. Wobei sie sich wirklich fragte, welche Fragen an sie gestellt und von ihr beantwortet werden müssten. Mehr als die Sache wegen eines Briefes, den sie an die Polizei gegeben, konnte von ihr nicht viel geleistet werden. Eva meinte, dass sie am ersten Tag ihre Aussage machen müsste. Das dürfte wesentlich interessanter für die Vorsitzenden sein.

Selbstverständlich war am ersten Gerichtstag nicht nur die Zeitung anwesend, auch ein Fernsehteam kam zu dem Gericht. So konnte Sylvia natürlich im Netz nach Infos, auch abends im Fernsehen im richtigen Programm, nach Hinweisen suchen. Sie erinnerte sich daran, dass sie damals Fotos im Netz fand.

Was sie regelrecht schockierte war ein Foto, das die Waffe zeigte, mit dem die Frau getötet worden war. Es war ein Jagdmesser und wirkte wie eine Waffe. Es war noch mit Haaren von dem Opfer wie umwickelt. Wolf musste wohl mehrfach auf sie eingestochen haben. Sie brauchte mehrere Minuten, um zu sterben. Dabei muss Wolf wohl auch mit ihr gesprochen haben. Ihr wohl auch erklärte, warum sie nicht mehr leben durfte.

Danach, als sie gestorben war, wurde ihr von Wolf ein Handtuch auf das Gesicht geworfen, dann das Messer in das Waschbecken gelegt, wo er sich selbst die Hände von dem Blut abwusch.

Als sich Sylvia dieses Geschehen noch einmal in Erinnerungen brachte, reagierte sie wieder wie damals. Sie musste das Bad zügig aufsuchen und sich dort erbrechen.

Eva war am zweiten Tag der Verhandlung nicht im Gericht. Sylvia saß im Bereich vor dem Gerichtssaal. Sie wartete darauf, aufgerufen zu werden. Es war ein Zufall,

dass die Tür geöffnet wurde. Sie konnte direkt den An-
geklagten Wolf neben seinem Anwalt in dem Saal sehen.
In dem Moment sah er auch zu ihr herüber. Wolf winkte
ihr zu, als wären sie an einem Urlaubsort und er würde
sie dort von einem Dampfer aus sehen und von dort aus
zuwinken. Sylvia war froh, dass die Tür auch umgehend
wieder geschlossen wurde.

Irgendwie lag sie mit ihrer Einstellung richtig. Sowohl
die Fragen, als auch ihre Antworten waren überflüssig.
Allerdings spürte sie, dass etwas nicht stimmen konnte.
Sie bekam den Brief gezeigt, ebenso den Umschlag mit
ihrem Namen und Adresse. Sie las, in einem kurzen Moment, ihr Vornahme war richtig geschrieben. Sylvia,
vorne mit y. Weitere Schreiben, die von Wolf bis dahin
an sie gesendet wurden, hatten vorne ein i, also Silvia.
Wobei Eva ihren Vornamen immer richtig schrieb. Es
war nur ein kurzer Moment. Das müsste Sylvia aber eigentlich sagen. Was sie nicht tat.

Es muss der Anwalt von Wolf einen Antrag gestellt
haben. Es kam ihr das Gefühl, dass er sie sehen wollte,
dass es irgendeinen Grund gab, warum Sylvia als Zeugin
erscheinen sollte. Seine Art, auch Sylvia gegenüber sich
so zu verhalten, als würde er sie auch noch gerne haben,
fand Sylvia mehr als peinlich. Nach ihr war wohl noch
ein weiterer Zeuge im Saal. Sylvia hörte ihm dann noch
zu, was er berichtete.

Es wurde eine Pause aufgerufen, dann sollte es nach
dem Mittagessen weitergehen. Es befand sich eine
Gruppe älterer Frauen in dem Raum. Sie erhoben sich
von den Stühlen und gingen nach und nach dem Ausgang zu. Sylvia befand sich ungefähr in der mittleren
Stuhlreihe und blieb erst noch sitzen. Sie sah, dass diese

Frauen weiter den Ausgang des Saales zu steuerten. Jede der Frauen richtete ihr Blick auf sie. Der Ausdruck der Gesichter war eine Verachtung die ihr galt, die Sylvia zeigten, dass sie minderwertig sei. Ebenso der Blick von oben nach unten. Sylvia kannte diese Frauen nicht, sie konnte sich nicht erklären, was das sollte. Es blieb aber auch keine der Frauen vor dem Saal stehen, um Sylvia das vielleicht erklären zu können.

Als Sylvia in einem Bus zurückfuhr, rief Eva per Handy an, wollte wissen, was zu ihrer Aussage gesagt wurde. Ihre Mitteilung wäre überflüssig gewesen. Sylvia teilte das Verhalten der Frauengruppe mit, auch das Tun ihr gegenüber von Wolf. Eva lachte und meinte, dass es wohl die ehemaligen Nachbarn der Beiden gewesen sein. Die kannten die Tote gut und so werden sie Sylvia wohl für die Geliebte des Täters halten.

Sylvia erinnerte sich sogar, dass Eva zugab, dieser Gruppe das so erklärt zu haben. Sie würde sich ja selbst diesen Frauen nicht als Geliebte des Mannes schildern, sondern als Bekannte. Dabei den Frauen auch gesagt, dass sie am zweiten Tag zu dem Gericht fahren sollten, dann würde die Geliebte dazu befragt. Darum winkte der Angeklagte auch zu Sylvia. Insofern wusste er auch von der Aktion und hat sogar das unterstützt.

Eva war der Auffassung, dass es Sylvia nichts ausmache, denn leben würde sie weiter entfernt von dem Ort, wo diese Frau ihr Leben lassen musste. Es war offensichtlich, was von Eva so geplant worden war. Dass das keine gute Idee war, teilte Sylvia ihr mit. Es fehlte wirklich nicht mehr viel. Wobei Eva feststellte, dass solche üble Nachrede Sylvia so absolut nicht haben konnte, was sie sich natürlich merkte, weil sie es später gut gebrauchen konnte.

Dann bat Eva, und das wirklich nachdrücklich, dass sie bei Verkündung des Urteiles bei ihr sein dürfte. Es war ein Todschlag. Er wurde zu 11 Jahren Gefängnis verurteilt. Er selber dürfte nicht mit einer solchen hohen Verurteilung gerechnet haben. Im Gegensatz zu Eva, die gerne mehr Jahre für ihn sehen wollte. Am liebsten wäre es für Eva Mord gewesen, dann wäre für Wolf mindestens 15 Jahre herausgekommen. Irgendwie konnte Sylvia das an dem Gesicht von Eva sehen.

Dass an der ganzen Sache etwas nicht stimmte, wurde ihr immer weiter klar.

Und eigentlich hätte Eva bei dem Prozess neben Wolf sitzen müssen.

So teilte sie Eva mit, dass sie die Teilnahme an der Sportstunde, wie die anderen Frauen auch, bezahlen müsste. Sie hätte 20 Euro jeden Monat zur ersten Stunde bar mitzubringen. Wenn sie das nicht könnte oder nicht wollte, sollte sie nicht mehr mitmachen. Sie dürfte sich darüber Gedanken machen. Was Eva auch machte und tatsächlich nach fast 30 Jahre an der Sportstunde nicht mehr kostenlos teilnahm.

Wobei Sylvia kein Interesse spürte, weiter mit Eva Kontakt zu haben. Aber Eva nahm an jeder Sportstunde teil. Wobei es auffiel, dass sie fast eine Stunde vorher bereits bei dem Ort mit ihrem Wagen vorfuhr, um mit ihrem Handy ein Dauergespräch zu führen. Gesehen wurde sie nicht nur von Sylvia. Sie dürfte dann mit ihrem Liebhaber Wolf im Gefängnis telefoniert haben.

Zu Sylvias Kenntnis gehörte die Information, dass Wolf zum zweiten Mal an Krebs erkrankte. Er hatte ja bereits vor Jahren eine Krebsbehandlung ertragen müssen. So war ihm klar, was auf ihn wartete. Vermutlich wurde deshalb die erste Überlegung, Eva als neue Chefin der Firma einzusetzen, zerschlagen. Er konnte wegen der Behandlung den Betrieb nicht führen. Außerdem bewegte er sich altersbedingt ebenfalls in die Richtung Rente. Wird diese Information betrachtet, unter Berücksichtigung nicht emotionaler Überlegungen, dürfte davon ausgegangen werden, dass er mit einer Überlebenschance von 40% eventuell rechnen konnte.

Bei einer Verurteilung als Totschläger musste er mit einer Freiheitsstrafe nicht unter fünf Jahren rechnen, was er vermutlich auch machte. Nach der Chemotherapie und wenn er die Zeit von einer 2/3 Zeit der Verurteilung abgesessen, wäre Wolf durchaus nach 3 Jahren und 3 Monate vorab entlassen worden. Bei 1/2, also der Hälfte Strafe, wären das für ihn nach 2 Jahren und 6 Monaten gewesen. Das dürfte wohl auch seine Planung gewesen sein. Natürlich mit dem Gedanken, mit Eva danach ein schönes Leben zu führen. Natürlich auch mit dem Geld, das angeblich von seiner getöteten Ehefrau »weggeschafft« worden war.

Bei 11 Jahren sind es mindestens 5 Jahre 6 Monate, die von ihm abgesessen werden müssen. Selbst diese Zeit schien Eva zu wenige Jahre für Wolf gewesen zu sein.

Was in der Zeit nach dem Urteil des Gerichtes stattfand, wurde für Sylvia schon kritisch betrachtet. Sie war gegenüber Eva sehr distanziert und hatte sich wirklich vorgenommen, sie bei dem nächsten Versuch, aus der

Sportgruppe rauszuwerfen. Sie leitete die Gruppe, auch die Sportstunde als mehr privaten Verlauf.

An einem Abend wirkte Eva sehr aufgeregt. Sie konnte sich schlecht konzentrieren, sie zitterte, dabei sogar eine flache Atmung und sie wirkte sehr nervös. Sylvia konnte vorher erkennen, dass Eva wieder in ihrem Auto vor der Sportstunde einen Anruf mit ihrem Handy tätigte. Es erschien, als würde sie neue Informationen erhalten, die sie scheinbar völlig in Panik versetzten.

Die Intuition, die auf Sylvia wie eine Empfindung wirkte, ließ das Gefühl zu, dass der Täter Wolf den Krebs scheinbar überstanden hatte. Was Eva scheinbar überhaupt nicht mehr gefallen würde, was sie sogar in Panik setzte. An dem Abend verschwand sie ganz schnell, kaum, als das Training beendet war.

Am folgenden Wochenende rief der Ehemann von Eva bei Sylvia an, wollte seine Ehefrau sprechen. Sylvia konnte sich nicht mehr erinnern, was sie genau dem Ehemann klarmachte, er hat aber sehr schnell von sich aus das Gespräch beendet. Nun gestaltet sich das so, dass auch für Verurteilte selbstverständlich die Möglichkeit besteht, Hafturlaub anzutreten. Das wird Wolf auch gemacht und Eva dürfte ihn begleitet haben. Sie schien wieder eine Möglichkeit zu suchen, wie sie das ihrem Ehemann erklären könnte.

Sylvia konnte ihm allerdings bei seinem Anruf deutlich machen, dass sie für Affären seiner Ehefrau nicht mehr zuständig sei. Das machte sie bei der nächsten Sportstunde Eva auch deutlich. Sie hätte ihrem Gatten die Telefonnummer von ihr wegzunehmen. Weder von ihm, noch von ihr sind Anrufe an sie zu führen. Natürlich versuchte Eva zu erklären, dass sie mit dem Hund

Gassi war. Das ihr Mann das falsch verstanden habe. Aber sie würde auf jeden Fall mit ihrem Mann darüber sprechen. Eva müsste sehr klar gewesen sein, dass Sylvia für sie auch keine Ansprechpartnerin mehr sein wollte.

Es war die Fassade, die Eva aufgebaut, aber schon deutlich großen Schaden zeigte.

12.

Irgendwann meldete sich Viola telefonisch bei Sylvia. Sie erklärte, dass sie die Tochter aus der ersten Ehe von Wolf stamme, ihre Mutter sei bereits verstorben. Sylvias Name, ihre Telefonnummer und die Adresse hatte ihr Anwalt in der Gerichtsakte gefunden, die über ihren Vater nach seiner Tat erstellt worden war. Natürlich hörte Sylvia sehr aufmerksam zu.

Es war wohl eine Weile vor ihrem 12. Geburtstag, als ihr Vater sie verließ, um eine neue Beziehung einzugehen. Er hatte tatsächlich dafür gesorgt, dass weder ihre Mutter, noch sie als Kind, ihr bislang gut finanziell geführtes Leben nicht mehr weiter so führen konnten. Er selbst wollte auch nicht mehr in dem Ort weiter wohnen, in dem alle bislang lebten. Die Firma, die Wolf ja auch dort leitete, wurde durch ihn aufgelöst, um gleichzeitig einen neuen Betrieb zu beginnen. Mit der neuen Frau seines Lebens als Firmenleiterin.

Er selbst klagte über gesundheitliche Probleme und war nur noch geringfügig in dem Betrieb eingestellt worden. Die Mitarbeiter wurden von ihm in den neuen Betrieb übernommen. Was so offiziell geführt wurde.

Natürlich zog er aus dem Ruhrgebiet, in dem die Betriebe eingetragen waren, weg und nahm sich einen neuen Lebensbereich im Münsterland. Violas Mutter war natürlich, mit Unterstützung eines Anwaltes, gegen ihren irgendwann geschiedenen Mann auch gerichtlich vorgegangen. So hatte ihre Mutter einen Vollstreckungstitel, also eine Urkunde, gegen ihren Vater erwirkt. Nach ihrem 12. Lebensjahr beinhaltete der Titel auch Unterhalt, wurde aber auch nicht von ihm bezahlt. Der Titel war mit 250.000 Euro festgestellt. Verjährte erst nach 30 Jahren.

Eigentlich reichte Sylvia diese Information voll und ganz. Sie teilte Viola mit, dass sie sich darum kümmern würde und sie sollte sich nach ein paar Tagen bei ihr melden. So beabsichtigte Sylvia, diese ganze Bekanntschaft um Eva zu beenden. Sie schrieb sich einen Zettel, auf dem sie ganz konkret ihre Vorstellung aufführte. Sie rief Eva an und las ihr das nur vor, kurz und knapp. Teilte also mit, dass Viola sie angerufen, dass ihr verurteilter Vater einen Titel in Höhe 250.000 Euro zahlen müsste. Dass sie, also Eva, von ihm vor der Tat Dinge erhalten habe und ebenfalls auch viel Geld.

Wenn sie schlau sein wollte, dann rückt sie diese Dinge heraus, übergibt die Dinge der Tochter. Dann wäre sie halbwegs den Ärger los. Bis dahin wollte Sylvia Eva nicht mehr bei der Sportgruppe sehen. Wenn sie das für sich und damit für diese Tochter geklärt hätte, könne man sich mit weiterer Sportteilnahme beschäftigen. Sie solle ebenfalls darüber nachdenken. Erklärungen dazu wollte Sylvia von Eva auch nicht mehr hören. Damit dürfte das geklärt sein. Den teilnehmenden Sportfrauen würde sie mitteilen, dass Eva an der Sportstunde nicht mehr teilnehmen würde. Dann legte sie auf.

Eva drehte durch. Wobei Sylvia ihr kein Interesse an einer Diskussion deutlich zeigte. Sie meinte bei Evas Rückruf, sie könnte einfach eine Kiste oder Tüte mit irgendwelchem Kram füllen, welches sie von Wolf bekommen, um dann Viola das zu geben und sagen, sie würde keinen Kontakt mehr zu ihrem Vater haben. Das wäre doch gegangen.

Damit hätte sie schon ein großes Problem einfach gelöst. Das Problem hat sie sich ja selbst geschaffen, sie war doch dafür verantwortlich, dass Sylvias Name, Telefonnummer und Adresse in der Akte erschienen war. Das war schon hart bei Eva eingeschlagen, aber sie dürfte damit die Chance gehabt haben, das für sich richtig zu klären.

Erstaunlich war, dass Sylvia jede Menge Mails in dem Postfach des Computers finden konnte. Es war der Ehemann von Eva, der schriftlich völlig ausrastete. Er muss es auch nach dem Prozess wieder geschafft haben, bei Eva einzuziehen. Natürlich war er wütend auf Sylvia, schließlich hat er ihr die Schuld an der ganzen Sache gegeben. Wobei Sylvia dem Ehemann doch schon sagte, dass sie mit weiteren Affären von Eva nichts zu tun haben wollte.

Sylvia nahm sich vor, für Eva die Tür zu der Sportgruppe komplett zu schließen. Was sie bei der nächsten Sportstunde auch tat. Sie gab der Gruppe dabei keine Hintergrundinformationen. Merkwürdigerweise wurde der Entschluss ohne Nachfragen zur Kenntnis genommen. Irgendwie machte sich auch ein lockeres Verhalten der Gruppe breit. Insofern brauchte Sylvia auch kein schlechtes Gewissen zu fühlen, es war in all den Jahren das erste Mal gewesen, dass eine Teilnehmerin an der Stunde nicht mehr mitmachen durfte. Dort wurde Eva auch in der Zukunft von niemand vermisst.

Es war für Sylvia wichtig, für sich selbst einen endgültigen Strich zu ziehen. Es war eher Zufall, dass sie irgendwelche Schachteln wieder öffnete, weil sie irgendetwas suchte und dachte, es dort zu finden. Sie erinnerte sich, dass Eva dafür sorgen sollte, dass Briefe ihres Liebhabers Wolf nicht mehr zu ihr geschickt werden. Sie könne sich durchaus ein Postfach einrichten, um auch dort diese Briefe zu lagern. Was Eva zum Teil auch machte. Sie war davon ausgegangen, dass sie Eva die Briefe zurückgegeben hatte. Irgendwie schien das aber wohl nicht bei allen Briefen so geschehen zu sein.

Eigentlich ging ihr das auch nichts an, was dort geschrieben stand, aber irgendwie überkam sie die Neugierde. Ein Brief von Wolf aus dem Gefängnis geschrieben. Direkt am Tag nach der Tat einem anderen Mann gegeben, der an dem Tag Freigang, darum den Brief auch herausschmuggeln konnte, und der dann den zur Post brachte. Den Eva am nächsten Tag bei sich erhalten, nicht wollte, dass ihr Mann ihn findet und darum zu Sylvia brachte. Wo der Brief in den weiteren Jahren in einer Schachtel untergebracht und dort lag, um dann irgendwann doch noch von Sylvia gelesen zu werden.

Der Text entsprach so überhaupt nicht dem Text, der von Wolf angeblich gleich nach der Tat geschrieben wurde. Darin ist natürlich der Hinweis, dass es ihm nicht so gut ginge. Aber zügig kam der Hinweis, dass Eva ihm 700 Euro überweisen sollte. Die Kontonummer, die ihm im Gefängnis gegeben wurde, teilte er mit. Auch mit der Bezeichnung, an wen genau die Summe gehen sollte. Sie müsste sich auch damit nicht zu viel Zeit lassen, denn irgendwie sei das Einkaufen an Zeiten gebunden.

Sylvia setzte sich gemütlich in einen Sessel und ließ diesen Brief auf sich wirken. Wolf gab seine genaue neue Adresse an. Er wollte auch die Adresse von Sylvia, er wollte ihr einiges schreiben. Er könnte natürlich bereits am nächsten Tag ihre Adresse vergessen haben. Zudem schrieb er wieder ihren Vornamen vorne mit i. Er hatte ihr doch angeblich gleich nach der Tat einen Brief geschickt. Nun konnte es sein, dass er die Adresse in einem Heftchen vorher eingetragen und dieses Heftchen war durch die Tat verloren gegangen. Das gab vielleicht Sinn.

Er hatte kurz vorher seine Ehefrau abgeschlachtet. So konnte Sylvia das schon so beschreiben. Wolf dürfte sich im Grunde genommen für die zweite Frau entschieden haben. Denn für Eva eben nicht, denn sie musste auch damit leben, ihren Gefährten zu verlieren. Das ist ja auch so gewesen und irgendwie ist sie ja dann auch wieder mit ihrem Ehemann zusammengekommen, wie auch immer. Aber beide leben wieder zusammen in dem Haus. Der Ehemann war in der Insolvenz. Er blieb auch ein paar Jahre dort.

Normalerweise hätte sie wieder jeden Cent umdrehen müssen, um diese Zeit zu überstehen. Und dann, kurz nach dieser brutalen Trennung, die wirklich ihre Situation nicht besser machte, soll sie 700 Euro überweisen. Einfach so und was sie auch genauso tat.

Viola hatte Sylvia gebeten, mit ihr zu ihrem Anwalt zu gehen, um mit ihr und ihm Möglichkeiten zu besprechen. Das sagte Sylvia ihr auch zu. Dann wollte sie aber auch diese Briefe an ihn weitergeben. Sie wollte diese Briefe nicht mehr in ihrer Wohnung behalten.

13.

Es war ein durchaus konstruktives Gespräch mit den drei Teilnehmern. Wobei der Anwalt natürlich zuerst wissen wollte, wie sich denn wohl die leidenschaftliche Beziehung der Eva mit ihrem Wolf entwickelt hätte. Kontakte waren nach wie vor vorhanden, natürlich wurde von Sylvia auf Erich Kästner hingewiesen und seiner »Sachliche Romanze«, sodass bei Beginn des Gespräches auch gelacht werden konnte.

Dann wurde Bezug genommen auf das Schreiben, das gleich nach der Tat geschrieben sein sollte. Wolf als Täter teilte auf Seite vier mit, dass sich die Firma noch in einem gesunden, finanziellen Zustand befand. Erinnern konnte sich Sylvia, dass bei einem kurzen Aufenthalt der Beiden bei ihr, Wolf ein aufgeregtes Telefonat mit einer Mitarbeiterin führte.

So sollte seine zweite Ehefrau versucht haben, eine hohe Rechnung, die von einer Tierarztpraxis gestellt worden war und aus einer Behandlung der Pferde bestand, vom Firmenkonto aus zu begleichen. Es wurde auch von Wolf erwähnt, dass seine zweite Ehefrau genug Gehalt von der Firma erhalten würde und solche Zahlungen von eigenem Geld bezahlen müsste. Die Mitarbeiterin war sehr auf der Hut, solche Versuche zu verhindern und das auch machte.

Sylvia konnte später nach der Verhandlung mit einem damaligen Mitarbeiter sprechen. Sie standen im Flur des Gerichtes und es war noch die Mitarbeiterin, mit der seinerzeit dieses Telefonat geführt worden war. Der Mitarbeiter erzählte, dass seine Kenntnis darin bestand zu meinen, dass eine viertel Millionen Euro einfach verschwunden waren. Bei dieser Äußerung sah die Mitarbeiterin ernst aus dem Fenster und wollte sich dazu nicht äußern. Für eine Firma, bestehend aus mehreren Mitarbeitern, dann entsprechenden Firmenwagen, Materialien, entsprechende Kosten, die Büro und sonstige Räume vorhanden, würde mit Sicherheit nicht 250.000 Euro für eine gesunde Firma reichen.

Wolf schrieb, dass seine zweite Ehefrau alles weggeschafft habe. Trotzdem war es ihm gelungen, seinen Abschiedsbrief, also mit der Beschreibung seines Totschlages, mit 350 Euro zu füllen. Um dann, kurz danach in einem geschmuggelten Brief an Eva, von ihr 700 Euro überwiesen bekommen wollte. Wobei dann natürlich die Frage aufkommt, wo sie denn das Geld hernehmen sollte. Ihr Ehemann war in der Insolvenz.

Sylvia erinnerte sich, dass der Ehemann von Eva eine Wohnung im nächsten Ort mietete. Dazu war er bei einem Immobilienbüro. Dort musste natürlich Kaution gezahlt werden. Auch danach noch einmal, weil der Ehemann mit Hilfe des Immobilienbüros eine andere Wohnung nahe von Eva beziehen konnte. Eben auch mit

Zahlung der Kaution. Zudem führte der Ehemann selbst während seiner Insolvenz ein luxuriöses Leben.

Viola wurde von dem Ehemann von Eva bereits angeschrieben. Er hatte diversen Fahrten, Dienstleistungen, Lebensmittel und diverse Geld- und Sachwerte in Rechnung gestellt. Dabei wurde von ihm tatsächlich auch Kilometer, und damit verbunden Kilometergeld, aufgeführt. Die waren von Eva mit ihrem PKW gefahren, zu dem Gefängnis, um dann Wolf dort zu besuchen. Das war aufgeführt. 5.500 Euro forderte er von der Tochter des Wolf. Die Summe, die von seiner Ehefrau entsprechend ausgegeben wurde. Wobei es doch eigentlich klar wäre, dass Besuche des Totschlägers durch seine Geliebte nicht in Rechnung gestellt werden kann. Das ist halt private Angelegenheit.

Nun konnte davon ausgegangen werden, dass Eva über einen relativ kurzen Zeitraum, die Kosten für ihr Haus zahlen konnte. Dafür waren schon 250.000 Euro nötig. Mit dem, was an Kosten insgesamt entstanden waren, dürfte die gleiche Summe von Nöten gewesen sein. Anzunehmen war zudem, dass er mit seiner zweiten Frau absprach, dass sie bei ihrem Besuch bei ihm eine entsprechende Unterschrift unter Dokumente setzte, darin auf weitere Firmenleitung weiter verzichten würde. Vermutlich wurde abgesprochen, dass sich jeder 500.000 Euro aus der Firma herauszieht. Damit dürfte sie natürlich weiter ein angenehmes Leben bezahlen können. Das man das besser nicht unter den Augen eines Notars macht, dürfte verständlich sein.

Wolf wird seiner Ehefrau auch mitgeteilt haben, dass im Anschluss die Firma aufgegeben wird. Darauf dürfte sich seine Ehefrau eingelassen haben. Irgendwas wird sie auch unterschrieben haben. Dürfte vor ihrer Abfahrt noch das Bad aufgesucht haben, wo Wolf ihr dann dorthin folgte. Nach ihrem Tod muss er sich umgehend mit Eva getroffen haben. Zeitnah zu diesem Treffen hatte er bereits weiteres Geld aus der Firma geschaffen. Das dürfte er Eva übergeben, die die ganze Summe, mitsamt den schriftlichen Unterlagen, zu ihrer Bank und ihrem Schließfach brachte. Das Geld lag bei den Unterlagen, an denen sich auch Blut befand und irgendwann im Schließfach getrocknet war.

Abgesprochen wird Wolf mit Eva, dass beide sich die Summe teilen, jedem also eine halbe Million. Das war schon eine Summe, die Eva für sich auch brauchte. Natürlich war für Eva klar, dass sie mit Wolf auf keinen Fall später in ihrem Haus leben wollte. Wobei ihr Gedanke war, dass Wolf den Krebs nicht überleben würde. Dann hätte sich die Summe auf eine Million erhöht. Dann könnte sie auch endlich diskret auf ihren Gatten verzichten. Das dürfte ihr auch gelingen, der Schlaueste war er nicht und der Alkohol wird schon Spuren bei ihm hinterlassen haben. Als Witwe könnte sie sich auch vorstellen, in Ruhe alt zu werden.

Was im Moment nicht so einfach für Eva war. Sie selbst war ja in ihren vergangenen Jahrzehnten selbstständig tätig. Es war nicht unbedingt nötig, dann in die Rente ein zu zahlen. Selbstständige mussten das nicht. Darum dürfte davon ausgegangen werden, dass Eva kaum Ansprüche an Rente hat. Ihr Ehemann wird in den Jahren auch nicht unbedingt viel in seine Rentenkasse gezahlt haben. So hoch dürfte dann auch seine Rente nicht ausfallen. Wird Eva dann Witwe, erhält sie eh nur noch 60% als Witwenrente. Im Alter wird sie nicht über die

Runden kommen. Das dürfte Eva klar sein. Mit verbleibenden 750.000 Euro, plus Eigentum mit dem Haus, würde sich für sie die Situation deutlich verbessern.

Es gab Sinn, die Punkte zusammen zu fassen, der Anwalt wollte diesbezüglich entsprechende Vorgehensweise überdenken. Das war für Sylvia durchaus als konstruktives Tun zu sehen.

Selbstverständlich war der Anwalt von Viola aktiv, was Informationen für ihn sinnvoll erschienen, konnte Sylvia ihm überlassen. Viola bat auch Sylvia, mit ihr den zuständigen Kriminalbeamten aufzusuchen, der seinerzeit den Totschlag an Wolfs zweiten Ehefrau bearbeitete.

So richtig erinnern konnte sich Sylvia nicht mehr, was konkret bei diesem Besuch herauskommen sollte. Es gab allerdings wohl Nachfragen an Eva, die bei ihr wieder heftige Reaktionen verursachte. So hatte sie eh die Eigenschaft, zuerst zu reagieren um dann erst nachzudenken.

Ob es ein Versehen war, oder der Kriminalbeamte es vielleicht nicht bemerkte. Sylvia erreichte eine Mail, die er eigentlich als Antwort an Eva schickte. So konnte sie auch lesen, was Eva an ihn vorher schrieb.

Sie schreibt, dass das Ganze ihr keine Ruhe mehr geben würde. Sie schläft schlecht und würde davon träumen, dass Sylvia und Viola sie schon in den Knast gebracht hätten. Ihre Fantasie würde mit ihr spazieren gehen. Sie würde nicht einmal mehr den Hund in den Garten lassen, geschweige denn, dass sie das Haus im Dunkeln verlassen würde.

Sie beschreibt Sylvia, die angeblich letztmalig am Telefon nur laut und hysterisch reagierte, darum hätte Eva Sylvias Seiten im Internet besucht, um herauszufinden, wie sie sich dort verkauft. Erschreckend. Sie habe einige

Auszüge ihrer Werke als Hyperlink hinterlegt. Dann beschreibt sie dem Kriminalbeamten in dieser Mail, dass er hineinhören solle. Es würden dort Worte wie Mobbing, Stalking, Zerstörung, Mord und Tod fallen.

Sylvia würde sich in Dessous zeigen, keine normale Frau würde sich so ablichten lassen. Sylvia würde in ihrer eigenen Welt leben. Dann meinte Eva, dass Sylvia, aus »ihrem Erachten« wie sie sich ausdrückte, nicht mehr positiv, streckenweise unverständlich, nuschelnd, die Betonung einzelner Wörter und Sätze katastrophal wirkten. Erschreckend und infantil. Scheinbar würde Sylvia in einem anderen Jahrhundert, Blutgeld, Fabeln und Mythen leben. Eva glaubt, Sylvia wäre mehr als nur sehr verwirrt. Sie wüsste auch nicht, was Sylvia noch alles vorhätte, sie würde ihr alles zutrauen. Eva hätte Angst.

Eva hatte sich wirklich sehr viel Mühe gegeben, um das Engagement eines Kriminalbeamten erreichen zu können. Der eigentliche Sinn dieser Mühe ließ sich dann in dem Quasi letzten Satz finden. In dem sie schreibt, ob man Sylvia nicht stoppen kann oder ihren PC auslesen lassen könnte, um in Erfahrung zu bringen, was die Zukunft noch bringt. Wobei sie dann schreibt, dass sie vielen Dank ausspricht und viel Spaß beim Lesen und liebe Grüße. Natürlich PS und dort fragt sie, ob gegen Viola bereits etwas vorgenommen wurde, ob das irgendetwas gebracht hatte.

Dass sich Sylvia im Netz verkaufen würde, fand sie als unverschämte Äußerung. Aber es kam ihr das Erinnern an dieses Heft, das sie vor ewigen Zeiten herstellen musste. Bei dem Eva die Fotos gemacht und ihr Ehemann noch dabei half. Sylvia wusste es jetzt nicht so genau, aber es konnte gewesen sein, dass sie diese Hinweise auf das Ehepaar als Kopie dem Kripobeamten zusendete. Was genau sollte denn die Polizei mit dem Computer von Sylvia prüfen. Was sollte das für die Zukunft bringen. Sicher existierte diese Schachtel, mitsamt der von Wolf an Eva geschriebenen Briefe. Nur waren diese Sachen bereits bei dem Anwalt, der für Viola zuständig war.

Wobei zu diesem Zeitpunkt hatte Sylvia bereits etwas in Schriftform erstellt und unterschrieben, was aber noch etwas Zeit für Eva brauchte.

14.

Trotz dieser Entwicklung fühlte sich Sylvia wohl, denn sie wohnte weiter entfernt von Eva und ihrem Ehemann. Viola wohnte ebenfalls weiter entfernt von ihr. Auch empfand sie, dass sie es relativ gut getroffen hatte. Es war ein älteres Haus, und natürlich musste dort etwas getan werden. Trotzdem konnte sich Sylvia vorstellen, in diesem Haus alt werden zu können. Irgendwann starb die liebe ältere Dame, Sylvia war sehr traurig über den Verlust der Nachbarin. So übernahm sie komplett die Pflege des Vorgartenbereiches und begann, auch diesen Garten zu lieben.

Irgendwann danach zog ein älteres Ehepaar in die Nachbarwohnung ein und mit ihnen der Terror. Streit begangen die beiden gleich zu Anfang mit den beiden

Männern aus dem 1.Stock. Emil, der neue alte Nachbar, hatte sich das Rad des Nachbarn Mio geschnappt und das Teil gegen die Hauswand geworfen. Einfach so, vielleicht um Macht zu zeigen. Michael, der zweite Mieter aus dem 1. Stock wurde beleidigt. Emil fiel es schwer, seinen Alkoholkonsum zu kontrollieren.

Trotzdem fuhr er, so wie auch seine Ehefrau Wanda, stundenweise Taxi. Sie putzte auch irgendwo und das natürlich als Schwarzarbeit. Von beiden konnte das Zahlen von Steuern- und Sozialabgaben gespart werden, allerdings auch der Bereich der Rentenbeiträge, und dadurch dürfte direkt irgendwann die Altersarmut folgen. Miete und Heizung übernahm für die Beiden irgendein Amt.

Wobei die beiden erst versuchten, Sylvia auf ihre Seite zu ziehen. Sie erinnerte sich, weil irgendwann, es war an einem Wochenende, Wanda, die Ehefrau des Emil, bei ihr klingelte. Sie teilte ihr mit, dass im Keller Wasser auslaufe und deshalb der Keller volllaufen würde. Die Menge Wasser war bereits gut 10 cm in der Höhe gewachsen. Sylvia rannte zu einem Mann, der sonst irgendwie tat, dass er für das Miethaus in der Verantwortlichkeit stände.

In schlechter Laune folgte er Sylvia, ging in den Keller, drehte dort einen Wasserhahn zu, fluchte, um dann den Ort wieder zu verlassen. Emil sah sich das Spektakel, in geringem Abstand, lachend an. Er war davon ausgegangen, dass dieser Zuständige mit der Arbeit beginnen würde. Das tat er nicht, auch die Besitzer des Hauses wurden nicht aktiv.

Das war etwas, was für Sylvia natürlich klar war. So begann sie umgehend, das Wasser aus dem Keller zu schaffen. Irgendwie wuselte dann auch Wanda mit einem Eimer im Keller. Natürlich wollte Wanda, im Gegensatz zu Sylvia, ihren Kellerraum nicht vollständig trockenlegen. So setzte sich dort der Schimmel durch und damit dann auch der Gestank.

Es dauerte nicht lange, als Wanda bei Sylvia wieder klingelte, um ihr etwas zu zeigen. Sie bat in ihr Wohnzimmer. Der Raum war hoch beheizt. Natürlich auch vollgestellt mit Möbel. Irgendwie passte sogar ein Wäscheständer in den Raum, dort sollten die feuchten Teile noch trocknen. Wanda bewegte sich zu einem Sessel, der in dem Raum stand. Sie schaffte es, ihn an die Seite zu bewegen. An der freigestellten Stelle befand sich auf den Fliesen Schimmel.

Es musste eine Verbindung zwischen Sessel und Fliesen geben und sich mit Sicherheit auch unter den weiteren Möbeln. Sylvia wies auf die Höhe der Luftfeuchtigkeit hin, dass es nicht gut sei, noch nasse Wäsche in das Wohnzimmer zu stellen. Irgendwie bekam sie aber wieder das Gefühl, dass sie sich ihr Reden sparen könnte.

In dem Alter von Wanda sollte sie das längst wissen müssen. Nun kannte Sylvia die Wohnung, als diese von der lieben alten Dame noch gepflegt bewohnt wurde. Das war für sie auch ein Grund, mit diesen Eheleuten keinen großen Kontakt pflegen zu müssen.

Irgendwie versuchte Wanda mit Sylvia im Gespräch zu bleiben. So klagte sie, dass sie hin und wieder Personen mit dem Taxi zu der Uniklinik Münster bringen müsste. Sie würde gut 1 Stunde 30 Minuten bis dorthin brauchen. Diese Zeit auch für die Rückfahrt. Im Prinzip würde sie 3 Stunden bezahlt bekommen. Ihr eigentliches Problem würde darin liegen, dass sie nach 1 Stunde 30

Minuten die Person abliefern würde. Danach müsste sie warten, eine Stunde, zwei Stunden oder auch drei Stunden. Danach würde sie die Person wieder zurückbringen. Bezahlt bekommen würde sie nur drei Stunden. Jetzt war das natürlich für Sylvia eine Form des Ausbeutens durch den Arbeitgeber. Wobei sie damals Wanda auch fragte, welche Schulart sie früher besuchte. Es war eine Sonderschule, die auch mit Emil. Dort wurde ihr Lesen und Schreiben gelehrt. Rechnen hatte sie auch als Unterrichtstunde gehabt. Damit dürfte sie schon mehr draufhaben als ihr Emil, worauf sie auch stolz war.

15.

Irgendwann erwischte der Stress mit dem Ehepaar auch Sylvia. An dem Tag hatte sie es eilig. Aus welchen Gründen auch immer raste sie mit dem Tretroller zurück zu dem Haus in dem sie wohnte. Selbstverständlich verfügt das Gerät über keinen Motor und so rollte sie besonders sportlich von A nach B.

Aber irgendwie war sie doch sehr schnell. Schnell in die Einfahrt des Hauses und dann ebenso schnell an dem Fahrzeug vorbei, das auf dem Bereich abgestellt war. Von der Straße aus war es nicht zu sehen. Erst aber in dem Moment, als sie den Wagen, sozusagen rasend, überholte und sah, was Emil dort tat.

Es schien, dass er sie nicht wahrnahm. Er war beschäftigt mit dem Knaben. Der Junge der neuen Nachbarn. Der sah Sylvia an und grinste.

Emil hielt den Jungen mit einem Arm fest an sich. Die andere Hand streichelte den Kopf des Knaben. Sie konnte Emils Hüfte sehen, die sich rhythmisch am Körper des Kindes bewegte. Doch, er sprach in dem Moment zu dem Kind und sie konnte es hören. Er sprach, dass beide Geheimnisse haben und der Junge niemanden davon erzählen darf. Und der Knabe grinste Sylvia dabei an.

Sie bremste den Tretroller intensiv. Dabei quietschte der Reifen über den Boden. So stand sie fast neben den beiden. Emil ließ ihn los, er drehte sich förmlich weg von dem Knaben und gab eine Art lachen von sich ab. Der Junge drehte sich ebenfalls ab und huschte flott Richtung Nachbarhaus. Genauso schnell verschwand Emil fast schon rennend zu dem Wohnhaus.

Und Sylvia stand wie festgefroren an der Stelle, wusste auch nicht mehr, warum sie es vorhin so eilig hatte. Ein Gefühl machte sich in ihr breit, als wollte sich ihr Magen umdrehen. Es fühlte sich an, als wenn sie erbrechen wollte. Sie schwieg. Sie schob den Roller in den Innenhof des Hauses, begab sich zu der Wohnung, begegnete ihm nicht, was sie für sich ganz gut fand. Dass sie diese Situation nicht für sich behalten konnte, war ihr klar. Nur mit wem sie darüber sprechen sollte, wusste sie noch nicht.

Wäre sie in ihrem Leben nie einem solchen Menschen begegnet, würde sie vermutlich einer solchen Situation keine Besonderheit unterstellen. Oder doch? Wobei sie die Auffassung vertrat, dass es von dieser Art der Menschen zu viele gab, es gibt und auch in Zukunft zu viele geben wird. Mit denen sie selbst schon Erfahrungen sammelte. Natürlich gibt es vorschriftliche vorgangsfähige Anweisungen, die man befolgen muss, einhalten und entsprechend korrekt vorgehen. Wie es sich gehören würde.

Sollte Sylvia hier tatsächlich wieder handeln? Betrachtete sie ihn quasi aus der Ferne, dabei aber verhindern, sich intensive Gedanken über ihn zu machen, sollte Sinn geben. Er war nicht schlau, ganz im Gegensatz. Sie hat schon festgestellt, dass er nicht richtig lesen und schreiben konnte. Aber er war gerissen, das hatte er bereits deutlich gezeigt. So überdachte sie, dass es Sinn gab, mit den Eltern des Jungen einfach ein kurzes Gespräch zu führen. Das nahm sie sich vor. Wobei sich tatsächlich etwas später andere darum kümmerten, was sie auch besser fand.

So folgte auch der längste Tag des Jahres und sie saß auf der Terrasse und wollte diesen einfach nur genießen. Der Knabe nebenan war mit seinen Eltern im Garten und alle waren auch sehr laut. Es wurde spät, Sylvia war kurz in der Küche und kam wieder zurück. Es war ruhig geworden. Seine Eltern dürften ihn wohl endlich in sein Bett gebracht haben, dachte sie. Sie setzte sich auf den Gartensessel und sah entspannt in Richtung des Innenhofes. Sie konnte aus der Sicht den oberen Teil des Bereiches von Emil betrachten. Dort stand er. Rhythmisch, diesmal ohne Begleitung, bearbeitete er sehr intensiv scheinbar das Teil, das sich üblicherweise vorne in seiner Hose befand.

Emil sah widerlich aus. Er war wieder, wie eigentlich immer, betrunken. Er schwitzte, stöhnte und üblicherweise wird ein solches Verhalten als sich selbst befriedigen, onanieren, masturbieren bezeichnet. Dabei war er schon als alter Mann zu bezeichnen. Maximal 30 Sekunden benötigte er wohl zum Schluss seines Tuns. Doch Sylvia schrie, auch noch, als Emil es geschafft und die Flucht ergriff. Wobei es für ein solches Tun in der Öffentlichkeit ohne Absprache glatt als Exhibitionismus bezeichnet wird. Da war sie sich sicher.

Was sie schockte, war der Bereich an dem Zaun, der sich im Innenhof befand. Ein Bereich war von Abdrücken seiner Schuhe ausgefüllt. Natürlich hätte es sein können, dass Emil sich für die junge Frau Nachbarin interessierte. Sylvia war sich aber sicher, dass er dort den Knaben betrachten wollte und in ihm dabei viele Gefühle erweckt wurden.

So tat Sylvia das, was eigentlich in solchen Sachen gemacht werden soll. Sie rief die Polizei, sie machte eine Anzeige und hatte dabei wirklich gedacht, alles richtig gemacht zu haben. Dabei hätte sie eigentlich besser umgehend nach einer neuen Bleibe in einem anderen Ort suchen sollen. Sie durfte doch schon bereits jede Art von Erfahrungen sammeln.

Natürlich dachte Sylvia wirklich, dass sie in diesem Moment, eine richtige Entscheidung getroffen habe. Es wurde das getan, was auch zu tun war und jetzt auch noch ist, wenn solche Dinge geschehen.

Selbstverständlich nahmen die Experten Kontakt zu den Eltern des Knaben auf. Behutsam dürfte auch er in der Angelegenheit befragt worden sein. Der hat sicher auch von den »Geheimnissen« berichtet. Wobei mit Sicherheit Emil dazu bei dem Knaben noch keine weiteren Möglichkeiten gehabt hatte. Bei ihm nicht, aber dafür bereits bei anderen Kindern. So, wie zu diesem Zeitpunkt Sylvia noch kein Opfer war, sie aber dafür für Emil und Wolf in anderer Art und Weise zum Opfer werden sollte und was auch dann, irgendwann auch, geschah.

Damals, als für sie sichtbar eine Tat geschah, musste das doch alles die Frau des Kinderschänders mitbekommen haben. Es schien, als sei es Wanda sogar vertraut. Natürlich ging Sylvia ihr aus dem Weg. Natürlich begegnete ihr trotzdem Wanda, das war schwer zu verhindern, sie wohnten und wohnen vis à vis, auf der anderen Seite im Flur, quasi gegenüber und dabei eigentlich viel zu nahe, so fühlte Sylvia. Und dabei wirkte diese Wanda, als wäre nichts geschehen.

Damals, so erinnerte sich Sylvia, kam für sie einen Moment der Gedanke, dass Emil seiner Frau den Einsatz und Befragung der Polizei geheim halten konnte. Das ging irgendwie damals nicht so wirklich. Schreiben und auch lesen waren überhaupt nicht sein Ding. Um zu schreiben und auch zu lesen von Schreiben war Wanda mit Mühe für beide zuständig.

Es war bevor der Anschlag auf Sylvia stattfand. Sie erinnerte sich daran, dass der Nachbar Michael sie anrief. Er bewohnte die Wohnung über ihrer. Ein ruhiger Typ, der seine Arbeit, und die auch noch anstrengend und eine harte Tätigkeit war und ist, dabei gradlinig durchführte, auch das nach wie vor. Es war auch nicht seine Art, sie anzurufen, um sie mit irgendetwas vollzureden. Darum konnte sich Sylvia auch ganz genau an ein Telefonat erinnern, eines, das Michael mit ihr führte.

Geschehen war etwas, auch, was sich im Sommer ereignete. Ausgerechnet natürlich, an dem die Hitze ohne Gnade auf alle wirkte. Michael musste seine Arbeit fast in der Nacht beginnen, notwendig dann bereits zu Mittag seinen Feierabend machen. Es war wirklich ein Zufall, dass er im Treppenhaus Wanda begegnete. Sie kam wohl aus dem Keller und wollte zurück in ihre Wohnung. Sie schien Michael nicht zurück kommen zu hören, sie sah nicht, dass er sich bereits auf der Treppe zum 1. Stock befand. Er erzählte Sylvia, dass Wanda ihn wohl auch nicht sehen wollte, sie blickte auch so merkwürdig zu Boden, als würde es ihr peinlich sein, vielleicht doch gesehen zu werden.

Bekleidet war sie nur mit der Unterwäsche, Schlüpfer und Unterhemd. Sehen konnte Michael sie von vorne und auch die Rückenseite von ihr. Er sah halt das, was üblicherweise durch Kleidung bedeckt war. Unter normalen Situationen hätte er sicher auf einen Hinblick verzichtet. Sie war oder ist auch nie eine Frau, die seinem Interesse entsprach. Der Anblick an diesem Tag prägte sich bei ihm aber ein. Irgendwie fühlte er sich förmlich schockiert. So rief er dann Sylvia an, um das Ereignis mit ihr zu besprechen.

In diesem Moment habe Michael die Haut von Wanda in Grün und Blau gesehen. So bezeichnete er das.

Sylvia erzählte Michael, dass sie Emil schon gegenüberstand, wohl auf Abstand, was ihr auch sehr recht war. Sie sprach von der Art, mit der ihr Emil bereits begegnet sei. Dann war auch sein Gesicht von Alkohol gerötet, schwitzend, die Stimme von ihm laut und schrill und seine wütenden Worte kaum zu verstehen. Dabei hielt er seinen Arm angewinkelt vor seinem Körper und die Hand zur Faust gebildet. Sein Daumen wurde von seinen Fingern umschlossen. Dabei war seine Hand so feingliedrig und wie komplex aufgebaut. So bestand sie aus Kraft, die auf andere Körper durchaus kraftvoll erscheinen können. Damit wollte Emil drohen, auch damit klarmachte, dass er die Gewalt seiner Faust auch gegen Sylvia wenden wollte.

Sie bat Michael, auch seine Hand so zu probieren. So konnte er die Form an seinen mittleren Fingern feststellen, dass solche Formen den Körper von Wanda umgaben. Frisch gesetzt in klarem Blau, vor Tagen geführt in blassem Grün, schwach zu erkennen als gewesenes, was dem Neuen setzenden Platz geben konnte. In der Gesamtheit für Michael eine furchtbare Sichtung einer Gewalt von dem, was auch als häusliche Gewalt zu erkennen war.

Später schildete der Nachbar Mio, der direkt über den Beiden wohnte, dass er hören konnte, wenn die Beiden stritten. Erst war es laut, dann war es plötzlich still. Manchmal schlug Emil wohl auch zu fest, dann konnte später gesehen werden, wie Wanda sich mit Schmerzen am Körper vorwärtsbewegte.

16.

Natürlich rief Viola regelmäßig bei Sylvia an, um die Neuigkeiten in ihrer Sache mitzuteilen. So teilte sie auch mit, dass Wolf ihr Vater, natürlich unter bestimmten Umständen, das Gefängnis vorzeitig verlassen konnte. Er habe sich auch in einem Seniorenheim unterbringen lassen. Das war für Sylvia nicht besonders interessant, aber es hatte sich in der Tat um eine Einrichtung gehandelt, die sich gleich in dem Nachbarschaftsort von ihrem befand. So eine Nähe von Wolf konnte ihr nicht gefallen. Viola störte das nicht.

Wobei sich Sylvia später fragen musste, warum sie nicht sofort überlegte, dass Wanda und Emil sich in diesem Ort ständig aufhielten. Der Taxiunternehmer hatte seine Fahrzeugflotte in dem Ort untergebracht. Der Ort war keine Stadt, sondern eine Gemeinde. Zudem musste Wolf die Gemeinde verlassen, um Ärzte in Nachbarorten aufzusuchen.

Dazu orderte er ein Taxi. Emil dürfte ihn gefahren haben, davon ist auszugehen. Vielleicht wäre es nie zu einer Verbindung zwischen den Beiden gekommen. Mit dem, was beide Männer letztendlich eng verbinden sollte, war der Hass von jedem von ihnen auf Sylvia. So etwas verbindet natürlich selbst solche Täter.

Es hatte sich kurz nach der Anzeige von Sylvia ereignet. Es war an einem frühen Nachmittag, als sie einen Anruf erhielt. Es war eine Bekannte, die gleich in der Nähe wohnte. Irgendwie war sie auch zuständig für das Haus, in dem Sylvia wohnte. Auch sie war schon älter und ihre Enkel waren bei ihr zu Besuch. Die planschten nackend in einem kleinen Wasserpool, der im Garten stand. Es war halt ein heißer Tag und die Kinder haben Spaß im Wasser.

Sie bat Sylvia in den Garten zu gehen und wollte wissen, ob sie auch etwas sehen könnte. Sie selbst befand sich in ihrem Haus in dem ersten Stock und dort auf dem Balkon. Von dort aus konnte sie blicken, sowohl in ihren Garten, als auch in den Garten von Emil und Wanda. Die Beiden standen in der Tat nahe am Ende ihres kleinen Gartens, wobei Emil nur mit einer Unterhose bekleidet war. Wieder schien ihm sein Geschlechtsorgan sehr wichtig gewesen zu sein. Eine Hand war ihm dabei behilflich. Irgendwie wirkte Wanda, als würde sie ihren Ehemann dabei filmen. Sie hielt entsprechend eine Art Kamera, es konnte aber auch ihr Handy gewesen sein.

Dieses Telefonat entwickelte sich natürlich auf andere Art und Weise. Irgendwie entwickelte es sich zu einem Geschrei von Garten zu Balkon. Wanda lief zurück zur Terrasse, sie war schnell nicht mehr zu sehen. Emil zog sich auch zurück, dabei auch wieder wie bei einer Flucht. Es war halt seine Art, wenn er erwischt wurde.

Das Telefonat wurde dann von Sylvia wieder im Wohnzimmer weitergeführt. Sie erzählte von ihrer Anzeige und bat natürlich, dass auch dieses Ereignis der Polizei mitgeteilt werden sollte. Daran hatte Martha kein Interesse, aber etwas passieren sollte schon. Es war wohl so, dass Sylvia Schreiben erstellen sollte, die auch auf schwerwiegende Vertragsverletzungen hinweisen. Das würde eher wirken, als eine Mitteilung an die Polizei.

Zudem sollte auf die Störung des Hausfriedens und Pflichtverletzungen hingewiesen werden. Natürlich musste auch eine entsprechende Abmahnung folgen. Was Sylvia natürlich brav erfüllte.

Sie schrieb, druckte die Schreiben zweimal aus, holte sich die entsprechende Unterschrift der zuständigen Martha, wurde gelobt für ihr Tun, ließ ein Schreiben zurück, warf das andere Schreiben in einen Umschlag und warf das in den Briefkasten von Wanda und Emil. Was sie natürlich zweimal machte, aber auch gleichzeitig darauf hinwies, dass für das dritte Schreiben ein Anwalt tätig werden sollte. Was auch passierte. Jedoch nicht einer von Martha.

Sowohl Wanda als auch Emil reagierten. Zuerst wurde von ihnen ein hoher Zaun zwischen den beiden Gärten angelegt. Dann engagierten sie einen Anwalt, der auch ihre Interessen vertrat. Finanzieren mussten sie ihn scheinbar nicht selbst, dafür war ihnen schon ein Amt behilflich. So wurde die Angelegenheit für Martha als erledigt betrachtet. Sie teilte auch Sylvia mit, dass sie sich aus der ganzen Angelegenheit heraus begeben würde. Allerdings führte diese Einstellung in der Folge bei Sylvia zu fatalen Konsequenzen.

Es war klar, dass Sylvia deshalb regelrecht dem Terror und dem Stalking, sowohl von Emil als auch seiner Frau Wanda, ausgesetzt war. Pflanzen und Blumen wurden gegiftet oder beschädigt, ebenso auch Gegenstände. So gab es Sinn, zumindest im Innenhof Kameras zu installieren.

Als Sylvia irgendwann vom Einkaufen zurückkam, fiel ihr auf, dass der Wagen von dem Ehepaar sehr nahe zur Straße gestellt war. Das war ungewöhnlich, aber dafür sah sie in diesem Moment eine Beschädigung am

PKW, die sich am Kotflügel des Wagens befand. Natürlich kam Sylvia der Gedanke, dass sich das am Vormittag bereits ereignete, dass wohl eine Mauer oder ähnliches mit dem Wagen gerammt wurde. So sah die Beschädigung auch aus.

Es kam der Donnerstag. Michael machte sich gegen Mittag mit seinem Auto Richtung Flughafen auf den Weg, um seinen Urlaub in Griechenland anzutreten. Sylvia wollte an diesem Tag mit der lieben Bekannten Elisabeth Einkäufe unternehmen. Elisabeth holte sie mit ihrem Wagen ab. Dazu hatte sie kurz den Parkplatz von Michael benutzt, auch als sie zurückkamen.

Durch Zufall konnte Sylvia am folgenden Freitag durch ihr Schlafzimmerfenster Wanda auf dem Parkplatz betrachten. Sie war bestimmt mehr als 10 Minuten damit beschäftigt, die Stelle des Kotflügels am PKW zu reinigen. Sie hatte Eimer, Lappen und sogar eine Sprühflasche zur Hand, schrubbte und kratzte, um dann mit ihrem Handy Fotos von der Beschädigung zu machen. Wobei Wanda natürlich damit alle eventuellen Spuren am Wagen beseitigt hatte.

Am Sonntag befand sich bei Sylvia in dem Postfach ihres PCs eine Alert. Die Polizei stellte Fragen und bat Bürger um Unterstützung. Es wäre am Donnerstag zu der Zeit und dem Ort an dem PKW mit Kennzeichen eine Beschädigung durchgeführt worden. Ein Schaden von 1.600 Euro sei entstanden.

Wobei schon der Zeitraum nicht passte. Es war nicht nur Sylvia klar, dass Betrug eine große Rolle im Leben des Ehepaares spielte. Dass für solche Aktionen auch die Polizei von ihnen benutzt wird, dürfte klargeworden sein. Natürlich wurde auch Michael erwähnt, denn es hätte den beiden sicher nebenher gefallen, wenn der seinen Urlaub von der Polizei abgebrochen worden wäre. Was natürlich nicht geschah.

Es fiel auf, dass ein Beamter sehr ausführlich das Fahrzeug von Elisabeth betrachtete und auch fotografierte. Es war in der Tat kein cm an dem Fahrzeug zu finden, der für irgendeine angebliche Beschädigung gefunden werden konnte.

Elisabeth erstellte eine Rechnung, denn sie musste natürlich über eine bestimmte Zeit ihre Arbeit unterbrechen, damit der Wagen geprüft werden konnte. Wobei natürlich auch moralisch ein Hinweis kam, denn so etwas sollte sich besser nicht wiederholen, denn dann kommt eine Anzeige heraus. Elisabeth warf die Rechnung in den Briefkasten von Emil und Wanda. Zwei Tage später war das Geld auf ihrem Konto. Das konnte scheinbar funktionieren.

Michael kam aus dem Urlaub und tatsächlich wurde sein PKW von Polizeibeamten kurz überprüft. Laut im Treppenhaus kam sein Hinweis, dass er sicher seinen Chef gebeten hätte, in der Sache auch eine Rechnung zu schreiben, aber die Polizei wäre zu seinem Feierabend erschienen. Es wurde natürlich später nicht mitgeteilt, wie diese Angelegenheit für das Ehepaar ausgegangen war.

Sylvia hatte für einen kurzen Moment das Gefühl, dass bei dem Ehepaar endlich Vernunft einsetzen müsste. Das kam aber nicht. Stattdessen wurde wieder auf die Art und Weise versucht, anderen das Geld aus den Taschen zu ziehen. Ausgerechnet auch noch bei anderen Nachbarn. Dabei wurde aber nicht die Polizei hereingezogen. Wieder wurde versucht, einen Kratzer am

Auto anderer Menschen zu unterstellen. Wobei das lautstark ausgelegt worden wurde. Es passierte direkt vor dem Haus, so dass auch Sylvia das mitbekam.

Das es wieder versucht wurde, das dürfte klar sein. Das sie auch von der Polizei eine Ansage erhalten haben, davon ging Sylvia aus. Aber wenn das so durchgezogen worden ist und es klar war, dass es kein Umdenken bei Emil und seiner Ehefrau folgte, was ist dann mit den Kindern geschehen? Sylvia ging davon aus, dass da bei den kriminellen Leuten auch keine Veränderung zu sehen sein wird, dass von ihnen grundsätzlich gegen bestehende strafrechtliche Normen verstoßen wurde.

Und da es mit den Autos wieder passierte, sollte ebenfalls dringend auf Kinder aufgepasst werden. Wobei eigentlich davon auszugehen ist, dass der Schutz für Autos auch für Kinder gelten muss. Aber so scheint es nicht zu sein. Das war nicht nur Sylvia klar. Und es sollte noch viel schlimmer kommen.

17.

Eigentlich war es einfach nur dumm gelaufen. Normalerweise hatte sich Mio im Griff, meistens.

Es waren einfach mehrere Faktoren, die bei ihm Einfluss nahmen. Hätte er sich vorher schön einen Joint geraucht, wäre das nicht passiert. Stattdessen wollte er einen Kumpel besuchen, der meinte, zu seinem Geburtstag mit ihm anstoßen zu müssen.

Vermutlich hätte es Bier auch getan. Es musste natürlich Fusel sein. Er meinte eigentlich irgendwie doch gute Laune gehabt zu haben, bis zu dem Moment, als ihm E-mil auf dem Weg nach Hause begegnete.

Und dann war da noch der Mann, der oben auf seinem Balkon stand, der ihn sah, wie er Emil ein Stück zu nahegetreten war. Dabei wollte Mio noch versuchen, mit ihm in das Gebüsch zu verschwinden. Emil erhielt eine ordentliche Tracht Prügel. Auf der einen Seite fühlte er sich kläglich versagt zu haben, wenn das damit zu erklären wäre, weil er erwischt wurde.

Erklärt, warum das passierte, teilte er nicht der Polizei und auch nicht dem Richter mit. So bekam er eine Strafe, wurde verdonnert, auch die nächsten drei Jahre brav zu sein und auch Sozialstunden abzudrücken. Wenn er noch gutes Geld verdienen würde, dann hätte er ein Problem, aber so schaute Emil natürlich finanziell in die Röhre. Und das war gut so. Ob seine Verurteilung geringer ausgesehen, wenn er die Gründe vorgetragen hätte, bezweifelte Mio. Dafür meinte er auch seine Gründe zu haben, das nicht zu tun.

Es lag nicht an dem Verhalten von Emil gegen ihn. Dabei war das vom ersten Tag an da, als er in das Haus gezogen war. Dass Emil schon Mios Rad voller Wucht gegen die Wand des Hauses warf, war eines der Höhepunkte.

Oder war es das Mofa eines Kumpels, der das Teil eigentlich nur kurzfristig in den Innenhof stellte, weil er es verkaufen wollte? Sylvia hatte zeitnah eine der Kameras aus dem Innenhof geprüft und die konnte aufnehmen, wie Emil den direkten Weg zu dem Mofa nahm und zielsicher an dem Teil aktiv wurde. Der Kumpel versuchte kurz darauf, das Mofa zu starten, ein Käufer wollte auch vorbeikommen. Das Teil sprang nicht an. Dafür sendete Sylvia ein passendes Video zu Mios Handy, das kurz vorher die Beschädigung durch Emil zeigte.

Das war ein Geschrei, passte es dem Emil auch nicht, dass er dabei gefilmt worden war. Dafür rief Wanda die Polizei und beide erzählten dann, ihr Leben sei in Gefahr. Die Nummer dürften die Eheleute voll zu beherrschen und das musste Mio zugeben, dass sie tatsächlich darin besser waren und sind als er. Wobei er aber keinen Ehrgeiz in diese Richtung entwickeln wollte.

In der Art ging es weiter und damit war es klar, dass sich die Eheleute und Mio nicht ausstehen konnten. Bis zu dem Moment, als Mio seinen Sohn an manchen Wochenenden zu Besuch haben durfte. Die Partnerschaft zu der Frau war bereits vor Zeiten gescheitert. Wobei beide, also Mio und seine Ex, wieder miteinander reden konnten. Sie lebte auch mit einem neuen Partner, zusammen mit dem Sohn von Mio. Der liebt seinen Sohn über alles. Und irgendwie schien es Emil genauso zu gehen. Gesehen hatte er den Knaben im Treppenhaus. Der Junge ging die Treppe hoch zu der Wohnung. Gefolgt war er von seinem Vater Mio.

Manchmal passiert es. Man sieht sich freundlich an, lächelt und dann passiert es. Alles in diesem Moment der Begegnung geschieht, als sei der Mensch in seiner Vollkommenheit erschienen und auch es erscheint, als sei er oder sie wie von Göttern geschaffen worden. Dann kann es sogar passieren, dass man sich der Faszination dieses Menschen nicht entziehen kann. Wenn das tatsächlich beiden geschieht, könnte das ein Gefühl für die Ewigkeit sein. Oder auch ein Verliebt sein oder auch die große Liebe. Was ja auch kein Problem wäre.

In dem Fall sollte eigentlich selbst der Hauch von einem zarten Gefühl von Emil zu dem Knaben zu viel gewesen sein. Aber er schien sich unsterblich verliebt zu haben. So wie auch vorher bei dem Knaben aus der Nachbarschaft.

Natürlich bekam Mio das sofort mit. Er war auf der Hut. Die Besuche seines Sohnes bestanden in seiner Wohnung. Kommen und gehen wurden von Mio kontrolliert. Den Sohn ließ er keinen Moment alleine.

Emil schleimte sich förmlich an Mio heran. Es war schon interessant. Er meinte wohl, dass der Junge ihm völlig besitzen würde, sofern er den Vater auf seine Seite gezogen hätte. Was ihm natürlich nicht gelingen konnte. Ein wenig wie Katz und Maus im Treppenhaus.

Dann geschah es. Der Sohn sollte wieder das Wochenende bei seinem Vater verbringen. Der Junge lief die Treppe hoch zu der Wohnung seines Vaters, der ihm folgte. Mio meinte später, dass er keinen Ton von Emil hörte. Auf dem halben Weg blieb der Junge auf dem Podest der Treppe stehen. Sein Blick war nach unten gerichtet, seine Stirn zog sich höher, die Augen erschienen immer größer zu werden, so wie sich auch sein Mund öffnete. Mio brauchte einen Moment, um darauf zu reagieren. Während des Treppensteigen suchte er in seinem Handy die Nummer der Ex. Eigentlich wollte er ihr mitteilen, dass sie gut angekommen wären. Sein Blick folgte dem seines Sohnes.

Unten auf dem Flurboden vor der ersten Stufe stand Emil. Mit seinem Mund bewegten sich seine sichtbare Zunge und seine Lippe, sein Blick war lustvoll auf den Jungen gerichtet. Dabei befand sich eine seiner Hände an seinem Geschlechtsteil, das sich aber noch in der geschlossenen Hose befand.

Sofort bewegte sich Mio die Treppe wieder herunter, seinem Sohn rief er nur zu, dass er sich sofort Richtung der Wohnung begeben soll. Er war schnell, Emil nicht so schnell wie Mio. So erwischte er ihn. Packte ihn am Hemd nahe des Halses, drohte ihm Prügel an, schubste ihn Richtung seiner Wohnungstür und beförderte ihn mit einem Tritt in den Hintern in seine Wohnung, die Emil auch umgehend aufsuchte.

Später erzählte Mio Sylvia, dass er das seiner Ex nicht berichten wolle, auch seinem Sohn erklärte er, dass Emil nur einen Clown machen wollte. Er bat seinen Sohn, dass er seiner Mutter davon nichts erzählen sollte, sie würde das sicher falsch verstehen. Für seine Reaktion und dafür, weil er ihm eine große Liebe verdarb, wurde Mio, dann auch von Wanda, wieder tyrannisiert und terrorisiert, wie es die Art der Despoten ist, um dann anderen das Leben zur Hölle zu machen.

Mios Vertrauenslage war Richtung Polizei nicht besonders nahe. Sylvia erklärte er auch, dass seine Ex weitere Besuche seines Sohnes untersagen. Sie würde das nicht zulassen, einen Pädophilen in der Nähe ihres Sohnes zu dulden.

Es war schon Nummer zwei, dass Emil eine Tracht Prügel verpasst bekam. Bei Mio war es eine obszöne Bemerkung von ihm. Emil hatte nicht mit den Prügeln gerechnet, auch nicht, als es ebenfalls vor einiger Zeit geschah.

Es war ein Junge, der erwachsen wurde und in einem besonderen Moment von Übergriffen von Emil seinem Vater berichtete. Taten, die über längere Zeit getan worden sind, wieder mit dem Tuch des Schweigens bedeckt worden sind und auch den Geheimnissen, die er sich vorher schwören ließ. Die Aussage seines Sohnes drohte dem Vater das Herz zu brechen. Beide packten sich Emil und verprügelten ihn. Drohten ihm, ihn bei der Polizei zu melden, ihn damit in den Knast zu bringen. Und trotzdem versuchte er es bei dem Kind der Nachbarn, auch bei Mios Sohn.

Dann kam der Tag, eben der Geburtstag von seinem Kumpel. Mio war noch im Bad, hat geduscht, trocknete sich ab und sah dabei aus dem Fenster. Es war Freitag, es ging auf das Wochenende zu und scheinbar ist es dann nötig, dass Emil aus dem Taxi Dinge räumt. Mio sah, dass er Sitzerhöhungen, die ohne Rückenteil, vom Taxi zum Haus trug. Immer drei Stück gestapelt und er ging zwei Mal.

Diesmal blieb Mio weiter dort stehen, betrachtete sein Gesicht, seinen Ausdruck dabei. Emil roch an den Sitzen, er ließ sich Zeit, sie in das Haus zu tragen. Der Ausdruck

seines Gesichtes war anders als sonst. Er wirkte ver-
träumt, glücklich, der Duft, der auf den Sitzen nicht
schwebte, sondern verbunden war mit den Sitzen. Für
kurze Momente erfüllten die Sitze ihn mit Liebe zu diesem Duft der Kinder, die sie nutzen, die er selbst von A
nach B brachte und dann ihren Duft zurückließen, ihn
ihm überließen.

Neben der Wut kam Mio das Gefühl von Ekel hoch.
Irgendwie verbannte aber Mio den Eindruck, für das,
was er nur kurze Momente sah. Und eigentlich wollte er
an das bei dem Geburtstag nicht mehr denken. Aber als
er bei dem Rückweg auf Emil traf, der ihn mit seinem
kranken Lachen begrüßte, ihn mit seinem labernden Gerede anmachte, der selbst wieder betrunken war und
wieder mit dem Dackel auf dem Weg zu den Plätzen
ging, wo sich Kinder zum Spielen aufhalten könnten, ließ
das alles Mio einfach richtig böse werden.

18.

Emil fiel in der vergangenen Zeit sehr auf. Die tägliche Menge Alkohol sorgte dafür. Sein Verhalten wurde aggressiv, wenn er die Menge reduzieren musste. Dann, wenn er Taxi fahren wollte. Das brachte ihm richtige Probleme ein und das machte ihn ständig wütend.

Sylvia musste auf der Hut sein, aber nicht nur sie sollte gut auf sich aufpassen. Es gab bereits körperliche Angriffe von Emil auch schon gegen Michael und auch gegen den Nachbar Mio. Wobei beide sich wehren konnten und auch Emil wegen seines ständigen Trinkens auslachten. Sylvia zog es vor, sowohl Emil als auch Wanda aus dem Weg zu gehen. Sie wollte keinen Kontakt und achtete darauf. So prüfte sie auch durch Blicke auf den Parkplatz, der direkt unter ihrem Schlafzimmerfenster lag, ob sie ohne Probleme aus dem Haus kommen konnte.

Es war am Anfang einer Woche. Sylvia hörte Emil, wie er, wie jede Woche, mit Gegröle vor ihrem Schlafzimmerfenster auf sich aufmerksam machte. Das war tatsächlich auch seine Art, um auf sich hin zu weisen. Auch damit deutlich zu machen, dass ihm gestattet sei, über Alkohol zu verfügen und zu machen, was er will.

So versuchte er auf eine Art zu tänzeln, wenn er mit zwei leeren Kästen Bier an Sylvias Schlafzimmerfenster vorbeikam. Um dann diese leere Kästen Bier in seinen PKW zu verpacken, wegfuhr, um dann, kurze Zeit später, zurückzukommen. Wobei er dann nur jeweils einen vollen Kasten Bier beschwerlich aus dem Wagen hievte. Um den Kasten dann mit Gestöhne in den Keller zu schleppen. Den zweiten Kasten Bier danach ebenso. Das zog er zwei Mal in der Woche durch. Vier Kästen Bier in der Woche, mindestens.

Er führte wohl Tage später wieder Streit mit Wanda. Zufällig stand Sylvia in ihrem Schlafzimmer und konnte deutlich sehen, dass Emil am Steuer des PKW saß. Er parkte ein, dabei löste er sich von dem Gurt und schrie. Er stellte den Wagen ab, um dann sofort auf Wanda einzuschlagen ohne aufzuhören. Sie hielt den Unterarm vor ihr Gesicht, Sylvia konnte sehen, wie die Ehefrau versuchte, ihren Sicherheitsgurt zu lösen. Sie schaffte das, riss die Seitentür auf und bewegte sich aus dem Wagen. Ihre Tür war noch weit auf, als er ausstieg, seine Tür zuschlug und sofort mit dem Schlüssel und der Funk-Technik die Türen schloss. Er brüllte sie an, sie schlich hinter ihm her, sie war kreideweiß im Gesicht.

Dabei wäre ihm ohne seine Frau ein solches Leben nicht möglich. Sie agierte für ihn, brachte sich ein. Zu dem Zeitpunkt vermutete Sylvia, dass Wanda mit dem Stockholm-Syndrom belastet war. Später erfuhr sie dazu mehr. Sie musste das, so wie die weiteren Mieter, entnervend ertragen.

Dem Haus wurde bereits mit mutwilligen Beschädigungen geschadet. Im Keller konnte sich der Schimmel weiter ausbreiten. Geruch verteilte sich im Treppenhaus. Froh waren die Mieter, wenn sich die Eheleute über ein Wochenende irgendwohin absetzten. Dann war Ruhe im Haus. Dann wurde auch die Haustür über die Tage aufgerissen, mit Einsatz der weiteren Mieter kam der unangenehme Geruch nach draußen. Bis beide wieder zurück kamen. Irgendwann war auch das nicht mehr möglich.

Gewundert konnten sich die drei Mieter, dass jeder von einem Anwalt Post erhielt. Wobei da wohl auch die

Frage bei Sylvia kam, wie er finanziert wurde. Wer Unterstützung einer Behörde bezieht, kann durchaus bei Gericht eine Beratungshilfe beantragen. Damit wird eine beratende Tätigkeit eines Anwalts finanziert. Ansonsten dürfte bekannt sein, dass wer einen Rechtsanwalt beauftragt, der muss ihn auch bezahlen. Wobei es auch nicht unbedingt billig sein dürfte, sich von Anwälten Briefe schreiben zu lassen.

Vielleicht kann es auch sein, dass eine Verwandte von den Beiden bei dem Anwalt tätig wäre, die sich dann durchaus um Schreiben kümmern könnte. Die beiden Mieter in der 1. Etage haben den Inhalt der Schreiben völlig ignoriert und die Schreiben landeten in der Mülltonne. Das wurde Sylvia auch von Violas Anwalt geraten. Aber sie wunderte sich über die Art des Schreibens. Darum erstellte sie für den Anwalt eine Mail. Er reagierte mit schriftlicher Antwort. Eigentlich sollte Sylvia merken müssen, wer auch diesen Anwalt finanziert haben dürfte.

19.

Es war nicht nur der Anwalt, der auf Sylvia so reagierte. Es war ein Nachbar, der Zuständige, der zu der Art Menschen zählte, der nie da war und ist, wenn man jemanden braucht. Dafür besaß der Mann eigentlich wirklich ein Talent. Sylvia dachte über ihn nach und bekam eigentlich das Gefühl, dass sie im Gegensatz zu ihm da war, wenn er jemanden für das Wohnhaus brauchte. Und wenn es nur dann darum ging, irgendwelche Blumen zu gießen.

Sylvia erinnerte sich plötzlich an eine Situation, die schon länger zurücklag. Sie erinnerte sich sogar genau, er stand irgendwann vor der Wohnungstür, meinte, dass er etwas Dringendes mit ihr besprechen müsste. Seine Frau war irgendwo zur Kur, oder im Urlaub oder in irgendeinem Krankenhaus. Wobei er irgendwie anders war als sonst.

Er klagte über sein Dasein. Doch, sie erinnerte sich, dass er den Geruch nach Alkohol an diesem Tag verdeckte. Er roch nach irgendeinem Duftmittel, nicht irgendetwas billiges, es roch schon nach mehr Geld.

Er hatte sich Mühe gegeben, aber letztendlich kam er zu seinem Wunsch. Er wollte mit Sylvia ins Bett, er wollte sogar so etwas wie eine Beziehung so nebenher mit ihr. Danach stand ihm der Sinn aber ihr natürlich nicht. Sie erinnerte sich auch, wie sie aus dieser dummen Situation herauskam. Sylvia erzählt ihm, dass sie niemals mit einem verheirateten Mann ein Verhältnis anfangen würde. Auch, dass sie sich verlieben müsste, bevor sie sich nach Nähe sehnte. Sie war überzeugend. Irgendwie wurde sie in der Tat von ihm betrachtet, als müsste er ihr mit Respekt begegnen.

Nach Sylvias Überleben, also später, sollte sich das Verhalten von ihm ändern. Er grüßte sie nicht mehr. Die, die ihn umgaben, taten das ebenfalls auch nicht mehr. Dabei war Wanda, die Frau des Kinderschänders, damit beschäftigt, gegen Sylvia zu hetzen. Natürlich gab es Menschen, die ihr zuhörten und davon gab es welche, die Wanda glaubten. Die meisten taten das nicht. So ist das mit den Guten und den Bösen und ihrem Tun. Es war eh den meisten egal, was diese Frau erzählte.

Es war an irgendeinem Tag, als der Zuständige meinte, im Innenhof Pflanzen schneiden zu müssen. Damit der Zaun wieder frei zu betrachten war. Später sah natürlich Sylvia die Videos, die den Innenhof überwachten, damit die Räder etwas geschützt waren. Bei dem Betrachten wurde ihr übel, als sie Wanda sah, wie sie sich einem Kind näherte, welches der Zuständige mitgebracht, und vermutlich ein Enkel für ihn war.

Wanda hatte ihre Hände in der Art Strickjacke versenkt. Und während sie sich diesem Kind näherte und dabei zu dem Kind sprach und dabei lächelte, drückte sie ihre Hände zu ihrem Intimbereich, wo sich irgendwo ihre Vulva befindet, um dann dort auch rhythmisch ihre Hände in Tätigkeit brachte. Irgendwie schien sie auch Kinder auf eigene Art und Weise zu lieben, so, wie auch Emil Kinder liebt und Beide schon mit Kindern Geheimnisse haben. Irgendwann verschwand der Junge.

Dann näherte sich Wanda dem Zuständigen, zog ihre Hände aus der Jacke, führte die Arme schnell zu ihrem Rücken. Wie mit einem Ruck bewegte sich ihr großes Brustvolumen in eine höhere Position. Sie wollte ihm gefallen, was ihr irgendwie aber nicht gelang.

Vermutlich dürfte sie auch den Zuständigen gelobt haben, weil er den Zaun freigemacht, damit endlich wieder durch die Spalten zwischen den Sichtschutzstreifen der Nachbargarten zu betrachten sein wird. Damit natürlich von Emil wieder Blicke auf die Kinder der Nachbarn geworfen werden kann. Was Wanda dem Zuständigen vermutlich nicht so genau mitteilte.

Irgendwann war er alleine im Innenhof, dachte wohl, dass die Kameras ihn nicht aufnehmen könnten, weil er nahe dem Schuppen stand. Es war eine weitere Kamera, die er nicht gesehen, die aber ihn aufnahm. Sein Rücken war zu sehen, sein Gesicht nahe an den Spalten des Zaunes. Seine Hände waren nach unten geführt. Es waren ja neue Nachbarn dort eingezogen, die junge Frau sehr schön, sein junger Mann sah auch frisch und jung aus. Kinder mussten sie auch haben, aber der Zuständige stand vermutlich nur auf Frauen. Im Gegensatz zu Emil. Der definitiv nicht auf Frauen stand, auch nicht auf Männer, aber dafür auf Knaben.

Daran musste sie wieder denken, als der Zuständige auf sie losging. Mit einer Wut ging er auf Sylvia los, was sie zu tief traf. Seine Wut auf sie und sie wusste warum, was sie schon lange ahnte. Was über Sylvia erzählt worden war, sie sei eine Hure, sie habe Verhältnisse zu anderen Nachbarn. So einfach war und ist es, die Schwachen zu täuschen. Und doch vernichtend wirken. Was sollte Sylvia sich sagen, dass sie besser damals mit ihm ins Bett gegangen wäre? Mit Sicherheit nicht. Sie hätte besser den Ort verlassen sollen, weg von dem Pädophilen und seiner Frau, nachdem Sylvia beiden die Tour vermasselt hatte.

20.

Noch nicht einmal Corona brachte Ruhe oder sogar Frieden in das Haus. Wobei Sylvia hätte auch merken müssen, dass sich ihre sozusagen direkten Nachbarn mit Wolf zusammengefunden haben.

Natürlich hatte sich ihre kleine Sportgruppe wegen Corona vorgesehen. Überrascht war die Gruppe, als ein Mitarbeiter des Ordnungsamtes in dem Kellerraum erschien. Dort wurde seit Jahren die Gymnastik der Teilnehmerinnen durchgeführt. Eben eine private Gruppe, die für ihr Tun keine Sporthalle dafür benötigte. Und es waren keine öffentlichen Angebote, die im Keller durchgeführt worden sind. So verließ auch der Stadtangestellter den Raum und die Frauen konnten ihren Sport durchführen.

Natürlich war es klar, dass Eva für den Besuch des Ordnungsamtes zuständig war. Damit konnte sie sich in der Gruppe keine Pluspunkte sammeln. Ganz im Gegenteil sogar. Sylvia meinte, die Gruppe auf die kommende Zeit hinweisen zu müssen. Es stand an, im kommendem Jahr 39 Jahre in dieser Sportgruppe aktiv gewesen zu sein. So folgte dieser Mitteilung eine fröhliche Stimmung. So war Sylvia auch der Meinung, dass danach 40 Jahre lang Gymnastik jeden Mittwoch von 18.00 Uhr bis 19.00 Uhr, mit Ausnahme von Urlaubszeiten, durchgezogen wurde.

Selbstverständlich sollte dieses Ereignis entsprechend auch der Öffentlichkeit mitgeteilt werden. Das war der

Plan. Irgendwie war jede teilnehmende Frau stolz auf sich. Kann man auch sein.

Erzählen wollte Sylvia der Gruppe aber nicht, dass der Rechtsanwalt von Viola eine Klage gegen Eva einreichte. Stattfinden sollte der Termin Mitte Dezember. Es lag daran, weil sich Sylvia für ihr Tun verantwortlich sah, für sich selbst als höchste Instanz betrachtete. Sie hatte für einen Mörder und Unterhaltspreller eine Lanze gebrochen, das konnte sie sich selber nicht verzeihen. Aber sie hätte das zu einem Zeitpunkt getan, als sie es nicht besser wusste. Eine eidesstattliche Erklärung für das Gericht konnte das korrigieren, weil sie das auch für ihr Seelenhygiene dringend benötigte. Diese Erklärung mitsamt ihrer Unterschrift lag bereits bei Violas Anwalt.

Wolf war nicht der arme Jägersmann gewesen, als den er sich sonst dargestellte. Es war zu einem Vergleich bei Gericht gekommen. Die Unterhaltszahlungen an Kind und Ex – Frau aus erster Ehe wurden pünktlich eingestellt, als das Unterhaltsvorschussgesetz nicht mehr greifen konnte. Obwohl er diese Summe quasi aus der Portokasse zahlen können. Vor diesem Vergleich wurde alles der später von ihm getöteten zweiten Ehefrau übertragen. Wenn Wolf den Unterhalt gezahlt hätte, würde seine zweite Ehefrau wohl noch leben, was Sylvias Ansicht dazu war.

Natürlich war vor dem Mord ihres Vaters eine Pfändungsaktion bei ihm durchgezogen. Bei dem damaligen Jägersmann Wolf wurden dabei 17 Langwaffen und Munitionen in einer Größenordnung eingesammelt, um durchaus einen Kleinkrieg führen zu können. Diese Waffen waren außerdem nicht ordnungsgemäß gelagert. Sie lagen unter dem Bett, auch hinter einem Schrank, was eigentlich, auch in Bezug auf eine Pfändung wegen Kindesunterhaltansprüchen, zum Einzug des Waffenscheines hätte führen müssen. Zugelassen waren die Waffen auf einen Jägerkollegen. Das schien wohl auch möglich und üblich zu sein, dann, wenn zum Beispiel ein Führerschein wegen Trunkenheitsfahrt eingezogen wurde. Zudem dürfte ein finanziell günstiges Hobby die Jagd nicht sein.

Mit dem Anwalt von Viola war abgesprochen, diese von Sylvia erstellte eidesstattliche Erklärung, erst auf den letzten Drücker dem Gericht zu schicken. Von dort müsste die Erklärung zu Evas Anwälten geschickt und von dort zu Eva. Letztendlich wäre das eine Trumpfkarte. Dann hätten auch Wolfs Grundeinstellungen, darunter auch die für ihn wichtigen »Endlösungen«, in der kurzen Zeit nicht gegen Sylvia angewendet werden können. Nach gelaufenem Gerichtstermin lohnte sich für ihn kein weiteres Risiko.

Dachte Sylvia.

21.

Zeitnah mit der Übersendung der Erklärung an das Gericht, brachte Mitte Dezember Corona das öffentliche Leben in einen Lockdown. Es gab noch keine Möglichkeit, sich impfen zu lassen. Massenquarantäne galt auch für Gerichte. So erhielt Sylvia das Schreiben, dass der Gerichtstermin auf Mitte April verlegt worden sei.

Viola und ihr Anwalt teilten mit, dass man da nichts machen könnte. Das sah Sylvia natürlich anders, da es für Wolf diese »Endlösungen« gab. Eva und ihm ging es nur um Geld. Viola eben auch.

Außerdem brauchte Wolf diesmal kein Knastergebnis. Er brauchte einen perfekten Mord, dafür geübt dürfte er seinerzeit noch im Knast, gehörte zu seinem Training, das er dort machen konnte. Den Krebs hatte er überstanden. Im Prinzip simpel, aber effektiv.

Eigentlich ist es auch bekannt, dass es für Zeugen kritisch werden könnte, wenn sie meinen, gegen Kriminelle aussagen zu wollen oder sogar müssen. Sylvia sollte auf jeden Fall daran gehindert werden, bei Gericht als Zeugin aussagen zu können. Das war ihr auch klar.

Sie rief Elisabeth an und die zeigte sich bereit, Sylvia an dem Termin zu begleiten und eben auch die Fahrt dazu ihren PKW zu nutzen. So sollte sie nicht alleine an dem Tag bei Gericht sein.

Ihre Sportdamen rief sie an und besprach mit ihnen, dass wegen Corona Sport ausfallen müsste. Es wäre aber damit zu rechnen, dass es bis Mai Impfmöglichkeiten geben dürfte. Solange müsste die Gruppe auf den Sport verzichten. Er hätte sie ohne Probleme auf dem Weg zu der Sportstätte und auch nach der Sportstunde erwischen können. Es war auch kein Bereich, auf dem sich vielen Personen zu dieser Jahreszeit aufhalten. Sylvia wollte auf keinen Fall Wolf ermöglichen, für ihn erreichbar zu sein.

Ansonsten versuchte sie nur noch auf der Hut zu sein. Das gab Sinn. Sozusagen war es dumm gelaufen oder sie hatte Pech gehabt oder es war einfach Ironie des Schicksals oder sogar: das kann passieren. Und in der Tat passierte einiges und das war eigentlich auch für Sylvia viel zu viel.

Auch ihre Nachbarn aus dem 1. Stock regten sich über das Tun der Eheleute aus dem Erdgeschoss auf. Auch aus eigenen Gedanken an Sicherheit machte Sylvia den beiden den Vorschlag, Kameras im Treppenhaus anzubringen. In dem Bereich hätten Wanda und Emil nichts zu suchen, was sie allerdings taten und bereits Schaden anrichteten.

Wobei natürlich Überwachungskameras an diesen Stellen nicht unbedingt erlaubt waren. So wurden gegen deren Persönlichkeitsrecht von Wanda und Emil verstoßen, als aufgenommen wurde, wie Wanda die Wohnungstür von Sylvia mit Kot beschmierte, wie Emil zu sehen war, wie er an der Tür lauschte, wie er sogar versuchte, die Tür aufzubrechen. Er versuchte auch mit Schlüsseln die Wohnungstür von Sylvia zu öffnen, Schlüssel, die er in Menge mit sich herumtrug, von denen scheinbar nicht eine passte.

Auch waren solche Filme und Bilder im ersten Stock zu sehen, auch, dass dort die Stromkästen von Emil kontrolliert wurden. Aus welchen Gründen auch immer.

Und diese Kameras hätten irgendwann auch den Versuch eines Mordes aufnehmen können.

Selbstverständlich wurden die Kameras von Wanda und Emil entdeckt und natürlich konnten sich die Eheleute eine Bescheinigung beim zuständigen Amt besorgen. Sodass der Anwalt der Beiden beauftragt wurde, entsprechend für sie tätig zu werden.

Was Sylvia nicht machen konnte, denn ihre Rente lag knapp über den entsprechenden Vorgaben. Leisten konnte sie sich keinen Anwalt und auch der von Viola sah sich nicht zuständig.

Wobei hätte es Sylvia merken müssen, dass dieser Anwalt der Eheleute sehr intensiv für diese Bescheinigungen tätig war. So meinte er in einem vorherigen Brief an Sylvia, dass die Wortwahl von Sylvia primitiv, vulgär und insgesamt unkultiviert sei. Irgendwie passte das auch zu der Mail, die Eva kurz vorher an den Kriminalbeamten schrieb.

Auch unterstellte er Sylvia, dass aufgrund ihrer ständigen Anrufe bei der Polizei die Beamten ausgelastet und nur noch eingeschränkt in der Lage wären, ihre Arbeiten nachzugehen. Insofern wäre es nicht ausgeschlossen, dass Polizeibeamte eines Tages in Erwägung ziehen könnten, Sylvia einer amtsärztlichen Untersuchung zuzuführen.

Das dürfte auch gelten, falls sie Emil bei Geheimnissen mit Kindern erwischen würde. Es galt also wegzuschauen, wenn man nicht deshalb in einer Psychiatrie landen möchte. Ganz geschickt wurde auf Michael hingewiesen, dass der Anwalt unterstellte, dass er noch geschäftsfähig wäre und Sylvia nicht seine gesetzliche Betreuerin sei. So kann Macht beschrieben werden.

Wobei es von Wanda bereits schriftliche Drohungen kamen, auch die — heute froh, morgen Tod — lautete. Eigentlich eine klare Aussage. Die von dem Anwalt verniedlicht wurde. Zudem schrieb der Anwalt, dass für Sylvia insofern keinerlei Veranlassungen bestehen würde, die Polizei in Kenntnis zu setzen, sollte seine Mandantschaft, er meinte Emil, unter Alkoholeinfluss eine Taxifahrt durchführen würde. Da sollte auch weggesehen werden.

Den Hinweis, null Promille = null Probleme, in Bezug auf Emils Alkoholprobleme, wurde Sylvia untersagt. Das von ihm auch eine zynische Bemerkung folgte, dass Sylvia Verhältnisse mit beiden Mieter aus dem ersten Stock hätte, sollte eigentlich auch das Schreiben in die Mülltonne landen lassen. Was Sylvia aber nicht machte.

Ähnlich formuliert über Sylvia dürfte das Schreiben des Anwaltes an Martha geformt gewesen sein. So stand diese Anfang Januar vor der Haustür und verlangte nach ihrem Geklingel an Sylvias Wohnungstür, dass sie die Kameras entfernen sollte. Lachend standen Wanda und Emil trotz Corona ohne Maske nahe neben ihr.

Tatsächlich fand es Martha schön, dass Wanda sie fragte, ob sie den Vorgarten pflegen dürfte. Natürlich kam auch der Hinweis von Sylvia, dass sie die von ihr bezahlten und dann gepflanzten Blumen und Pflanzen umgehend heraus graben würde. Wanda und Emil haben sich in den Enkel der Martha verliebt, darum waren die auch lieb zu der Oma. Und hatten, zusammen mit Eva und Wolf, nur noch Hass auf Sylvia.

22.

Neben den Taxen fuhren Wanda und Emil privat ein Hochdachkombi. Das stand vor dem Haus auf der Parkplatzfläche dicht neben dem Zaun, der das Nachbargrundstück auch optisch trennte. Wolf wollte informiert werden. So hatte er sich mit Wanda und Emil abgesprochen, die prüften, dass beide Mieter aus dem 1. Stock nicht zuhause waren und dann Wolf umgehend anriefen.

Wolf kam über dem Gehweg bis zu dem Parkplatz. Angekommen schlich er zwischen dem Kombi und Zaun geradeaus bis zu dem Haus. Dort konnte er von Sylvia nicht gesehen werden. Er klingelte bei Wanda und Emil. Über den Türdrücker konnte er das Haus betreten. Der Dackel war vorher in das Wohnzimmer eingesperrt worden. Bestimmt hätte die Kamera im Treppenhaus verhindert, was geschah, so dachte Sylvia irgendwann später.

Es war in der Woche und gegen Mittag, als es an ihrer Wohnungstür klopfte. Sylvia hatte gerade ihr Mittagessen gegessen. Sie vermutete, dass einer ihrer Mitbewohner aus dem 1. Stock dort vor der Tür stand. Sie ging zur Wohnungstür, schloss die Tür auf und öffnete sie. Sie sah, wie ihr gegenüber, also vor deren Wohnungstür, Wanda stand. Sie hielt ihr Handy, oder auch eine Kamera, vor sich. Sie filmte Sylvia und dabei blickte sie mit einem bösen Lachen in ihr Gesicht. Es blieb nur noch ein winziger Moment für Sylvia in dem sie zwei dunkle Schatten sah, die ihre Bewegungen zu ihr führten. Dann folgte für sie die Bewusstlosigkeit.

Irgendwann erwachte sie und merkte, dass sie mit ihrem Rücken die Wohnungstür absperrte. Sie saß dabei auf dem Boden. Die Beine waren gestreckt und drückten gegen die Wand. Sylvia spürte die Schläge und Tritte durch die Tür in ihrem Rücken. Eine Hand führte sie über ihren Kopf, es erreichte das Schloss, dann den Schlüssel, der noch steckte. Sie schaffte es, die Wohnungstür wieder abzuschließen. Ihr Kopf war seitlich gehalten. Sie führte auch ihre andere Hand von ihrem Ohr weg, betrachtete dann auch die Innenhand. Dort waren Blutflecke zu sehen. Es war keine große Menge Blut, die aus ihrem Ohr floss.

Hören konnte sie Wanda. Sie schrie und sie wird es auch gewesen sein, die gegen die Tür geschlagen und getreten hat. Verstanden konnte Sylvia sie nicht. Sie hörte Emil, wie er laut lachte und der auch irgendetwas schrie, was Sylvia ebenfalls nicht verstand. Ihre Nachbarn von oben waren wohl nicht zu Hause, so dachte sie noch. Der Tinnitus wurde laut und übertönte den Lärm aus dem Flur.

Sie wusste später noch, dass sie es in das Bad geschafft, dass sie sich dort einen Eimer nahm. Dort hineinbrechen musste, es dann auch in das Bett schaffte, wo sie weiter in den Eimer brach. Später, viel später fand sie auf der Bettdecke Blutflecken. Sie sahen aus wie Tropfen, die ebenfalls leicht, wohl aus dem Ohr, dorthin getropft waren. Die Tropfen hatten ihre Farbe nicht verloren, waren nicht braun oder schwach anzusehen.

Wolf verschwand umgehend wieder, so wie er gekommen war und machte vorher Wanda und Emil klar, dass diese Aktion ihr Geheimnis bleiben musste. Wobei er sagte, dass ein Schlaganfall für Sylvia hervorragend zu der Aktion passen würde. Aus Wolfs Sicht, würde Sylvia verrecken, was er beiden mitteilte, was nicht nur ihm gefiel. Damit hätte er Wanda und Emil einen großen Gefallen gemacht, meinten sie zu ihm.

Elisabeth fand Sylvia erst am nächsten Tag, es mussten gut 24 Stunden vergangen sein. Es war auch Zufall, dass sie gefunden wurde. Was geschehen war, konnte Sylvia nicht mehr erklären. So wurde sie in eine Klinik gebracht und dort gab man ihr die Möglichkeit zu sterben, oder zu überleben. Wobei es kurze wache Momente für sie gab. Es war ihr klar, dass das Ohr getroffen worden war. Es war ein unsagbar lauter Tinnitus, den sie dann auch ertragen musste.

Auch ein Ohr, dass sich als einziger Bereich des Körpers krank erschien, das sogar schmerzte. Diese Hälfte des Gehirnes war mit Blut gefüllt. Nur das eine Ohr und nur diese Seite der Hirnblutung, nicht an der anderen Seite. Nur kurze Momente, in denen Sylvia wach wurde, aber dann mit dem Gefühl, es überleben zu werden. In der Zeit wusste sie ebenfalls, dass sie nur einen Schlag erhalten, der dafür ein gezielter Schlag war.

Eine einfache Ohrfeige mit einer geöffneten Hand, kann bei dem richtigen Treffen auch mehr als einen Gehörverlust bewirken. Es gibt und gab eine Technik, um Gegner im Nahkampf unschädlich zu machen. So gab es Krieger, die es schafften, mit einer Ohrfeige ein Pferd stürzen zu lassen und damit den Feind gleich mit, was der mit seinem Leben bezahlen musste. Das konnte passieren, wenn man sich mit Kriegern der osmanischen Armee anlegte. Darum auch so diese Form der Ohrfeige. Eigentlich der perfekte Mord.

Denn es wirkte der flache Hand zu einem Überdruck im äußeren Gehörgang, die Luft wird von außen gegen das Trommelfell gepresst. Das platzt und führte zu einer Schädelinnenraumblutung. Nicht viel wies darauf hin, dass es sich überhaupt um einen Mord handelte.

Wanda wollte eine eigene Meinung dazu haben, schließlich war sie diesbezüglich von Wolf überzeugt worden, Eva unterstützte sie ebenfalls. Sie war sich absolut sicher, dass Sylvia nicht mehr zurückkommen würde. Dass sie entweder stirbt, oder, wenn sie überlebt, in einem Heim landet. Die Wohnung wird auf jeden Fall frei werden. Da war sie sich sicher und schockte damit die Nachbarn.

Die Kamera im Innenhof zeigte danach noch ein paar Tage auf. Wanda war umgehend fleißig dabei, den Boden vor dem Zaun zum Nachbarn frei von Pflanzen zu machen. Das zeigten die Videos, auch, dass sich darüber ihr Emil sehr freute. Auch, dass auch der Schuppen wieder frei für ihn werden würde, für ihn, mit ihm und Kinder und dann, mit denen, für Geheimnisse. Sie und er wussten schließlich, was geschehen war.

Wolf war sich ebenfalls sehr sicher und darum teilte er seine Ansicht mit Eva. So war er sich völlig sicher, dass Sylvia den Schlag von ihm nicht überleben dürfte, dank seiner Ansicht zu seinen »Endlösungen«. Damit dürfte der Gerichtstermin einfach platzen, bei dem Termin, bei dem es um sein Geld gehen würde. Was er allerdings nicht wusste: er hatte einfach nur das falsche Ohr bei Sylvia erwischt.

23.

Es war zuerst doch eine schwere Zeit, die Sylvia überleben musste. Es waren die ersten Wochen, die Sylvia mit
dem Schädel-Hirn-Trauma zwischen Leben und Tod in
Kliniken verbrachte. Ihre Gedanken konnte sie dann
auch wieder sichten und ihr wurde dann auch klar, dass
versucht worden ist, sie zu töten, was nicht gelungen
war, aber dafür konnte sie nicht sprechen, nicht schreiben und sie saß, zumindest erst, in einem Rollstuhl. Das
war eine Situation für sie, was sie allerdings nicht akzep-
tierte. Wobei sie sich kaum an die ersten Wochen erinnerte. Wenn, dann nur an kurze Momente. Langsam ver-
besserte sich ihr Zustand. So schaffte sie es, zuerst aus
dem Rollstuhl zu kommen. Quasi trainierte sie später in
einem Krankenhaus einfach nur das Gehen.

Wobei, das Schreiben und Sprechen fühlte sich für sie
so verloren an. Es war für sie auch schwierig, sich mitzuteilen. Zumindest war das noch so, als sie nach geraumer
Zeit in einer Art Reha-Klinik untergebracht wurde. Sie
bekam dort auch Anrufe. So rief auch Viola sie an, sie
hatte mit Elisabeth gesprochen. Viola erzählte natürlich
umgehend von dem Gerichtstermin, der bereits aus ihrer
Sicht schon einen Monat zurücklag. Eben in der Zeit, als
Sylvia auf Leben und Tod in einer Klinik lag.

Es war wohl davon ausgegangen worden, dass Eva
das Vermögen von Wolf verwaltete, während er die Zeit
im Gefängnis verbringen musste. Darum konnte Viola
Eva verklagen. Von Elisabeth wusste der Anwalt und sie
kurz vor dem Termin, dass Sylvia nicht als Zeugin daran
teilnehmen konnte. Das wurde dann von Violas Anwalt

vorgetragen. Merkwürdig war schon, dass selbst dort von einem Schlaganfall bei Sylvia die Rede war. Komisch kam es Viola schon vor, dass Eva so gelassen mit ihrem Anwalt erschienen war und auch auf die Mitteilung so ruhig reagierte. Sofort meinte sie, dass dann auch der Termin platzen müsste. Begleitet war sie von ihrem Ehemann und von Wolf.

Der Richter sah das anders. Schließlich lag eine schriftliche Erklärung mit Unterschrift von Sylvia vor. Das würde reichen. So sollte sie sich überlegen, an Viola 25.000 Euro zu zahlen. Zudem natürlich die entsprechenden Kosten, die eine solche Veranstaltung bei Gericht kosten würde. Viola erzählte, dass Eva bei dieser Überlegung mit ihrem Ehemann und Wolf eine Rücksprache nahm. Das hätte sie so erfreut, dass Wolf, schließlich ihr Vater, vor dem Gerichtssaal herumbrüllte. Eva dazu nichts mehr sagte, aber die Kosten übernehmen musste. Viola jubelte.

So versuchte Sylvia, Viola eben diese schwere Körperverletzung an ihr klar zu machen. Erschreckend war schon für Sylvia, als ihr Viola erklärtet, dass ihr Vater Wolf mit Emil und dessen Frau, die sie als asoziale Personen bezeichnete, keine Kontakte haben würde. Zudem wäre von Sylvia schon schriftlich etwas Brauchbares erstellt worden, darum wäre für weitere Aktionen von ihr nichts mehr nötig. Worauf auch Sylvia wirklich keinen Kontakt mehr zu Viola wollte.

Aus Sylvias Sicht hätte es doch eigentlich Ruhe geben müssen. Viola erhielt einen Bruchteil ihrer Forderungen von Eva. Sie wird natürlich auch weiter zu Wolf die Forderungen einfordern. Zu tun haben diese Leute mehr als genug. Ebenso die entsprechenden Anwälte. Eva war natürlich sauer, dass sie an der Sportgruppe nicht mehr teilnehmen durfte. Dafür gab es dank ihres Engagements das nicht mehr. Das 39. und dann folgende 40. Jahr konnten nicht mehr von Sylvia durchgeführt werden.

Wenn Eva nicht mehr mitmachen durfte, sollten das auch andere Frauen nicht mehr können. So einfach war das für Eva. Aber dass Sylvia noch lebte, das sollte schon geändert werden. Diese Meinung vertraten auch Wanda und Emil. Und entsprechend war die Vorgehensweise dieser Beteiligten. Wobei Eva dann doch noch auf ihren Ehemann zurückgriff.

Sylvia hatte den Anschlag überlebt und damals auch darauf bestanden, ihre Wohnung weiter zu nutzen, auch weiter dort zu wohnen, obwohl es dort eigentlich keine Sicherheit mehr für sie gab. In diesem Ort, der ihr vorher viele gute und schöne Dinge bot, aber auch das Schlimmste vorwies, eben Wanda und Emil als direkte Nachbarn.

Damals erfuhr sie, dass beide eine Art Urlaub zur Ostsee antraten. So blieben Sylvia noch ein paar Tage Zeit, auch, um Elisabeth inständig um Hilfe zu bitten. Entnervt gab diese der Bitte nach, aber sie ging davon aus, dass Sylvia ihre Situation völlig falsch einschätzten würde.

Es war an einem Sonntag, als das Ehepaar zurückgekommen war. Elisabeth klingelte bei ihnen. Gut gelaunt öffnete Wanda die Wohnungstür. Nach dem Tagesgruß teilte Elisabeth mit, dass Sylvia wieder in ihrer Wohnung sei, dann wollte sie darauf hinweisen, dass auf keinen

Fall die beiden Kontakte zu ihr aufnehmen sollten. Wobei sich Elisabeth später sicher war, dass sie den Satz nicht zu Ende bringen konnte.

Wanda schrie, schrie in Richtung Sylvia, versuchte, sich auf sie zu stürzen, wurde von Elisabeth davon abgehalten und Wanda schrie weiter. Mittlerweile war Emil aus der Wohnung gekommen, stand neben seiner schreienden Frau und, blass im Gesicht, blickte er hasserfüllt zu Sylvia. Die flüchtete in die Wohnung, Elisabeth folgte ihr umgehend. Die Tür wurde sofort geschlossen und abgeschlossen. Wanda schrie noch immer, sie trat gegen die Wohnungstür, sie schlug mit den Fäusten dagegen. Elisabeth rief, dass sie die Polizei rufen will. Das schien Wanda nicht zu stören.

Elisabeth war der Meinung, dass die Tür stabil sei und sicher nicht einzutreten sei. So schlug sie das Wohnzimmer vor, um dort auch auf den Sesseln Platz zu nehmen. Beide schwiegen. Sylvia wurde übel.

Irgendwann hörte das Geschrei von Wanda auf. Sylvia zitterte am ganzen Körper, sie fühlte Hilflosigkeit und Ohnmacht, sie begann zu weinen. Sylvias Telefon klingelte, Elisabeth nahm den Hörer ab. Wobei sie kaum etwas sagen konnte und zu dem auch kaum verstand, was Martha mitteilte. Sie schien vermutlich kurz vorher von Wanda in Kenntnis gesetzt worden, dass Sylvia sowohl überlebt, als auch ihre Wohnung von ihr wieder genutzt wurde. Elisabeth dürfte mit solchen Reaktionen nicht gerechnet haben. Sie beendete das Telefonat.

Dann stand Elisabeth auf und ging zur Wohnungstür. Sie würde am nächsten Tag die Polizei aufsuchen um dort die ganze Angelegenheit zu melden. Durch dieses

Verhalten von Wanda und Emil war auch Elisabeth klar, dass Sylvia auf sich achtet, auch, dass den beiden weiteren Mietern des Hauses dieses Geschehen mitgeteilt werden muss. Als Elisabeth das Treppenhaus betrat, sah sie Wanda mit Emil, wie beide nahe ihrer Wohnungstür standen. Offensichtlich auf Elisabeth warteten und sie umgehend auf böse Art und Weise angingen. Sie drohten gerichtliche Konsequenzen gegen Elisabeth.

Am nächsten Tag suchte Martha den Kontakt zu Sylvia. Es war ein völlig gleichgültiges und in keiner Weise Rücksicht nehmendes Verhalten, was Sylvia in diesem Moment ertragen musste. Die ältere Frau sprach davon, dass auf Sylvia ein weiterer Schlag kommen könnte. Dass Sylvia das nicht überleben würde. Dann müsste ihre Wohnung geräumt werden. Um das finanziert zu haben, müsste Sylvia 1.000 Euro an Martha vorab überweisen. Diese Kaltschnäuzigkeit dieser älteren Frau dürfte Sylvia zutiefst getroffen haben. Damit hatte sie auch nicht gerechnet. Darauf zu argumentieren, war ihr nicht möglich. So wandte sie sich einfach von ihr ab.

Kurz darauf stand Sylvia in ihrer Wohnung und dort im Flur. Es klopfte an der Wohnungstür. Es klang wie das Klopfen an der Tür, als der Anschlag auf sie geschah. Sie hörte den Dackel der beiden bellen. Das tat der Hund auch dann, wenn er von den beiden in der Wohnung gelassen wurde, wenn sie selbst die Wohnung verließen. Wieder spürte sie das merkwürdige Verhalten ihres Magens. Sie hatte vorher einen Zettel innen an der Tür befestigt. Darauf stand deutlich die Frage, wer dort sei. So konnte sie diese Frage sehr laut rufen, natürlich auch gegen die geschlossene Tür gerichtet. Es kam keine Antwort. Wieder ein klopfen, wieder Sylvias Frage und dabei der Dackel, der kläffte. Dann, für einen Moment, noch lauter sein bellen, so zu hören und dann sein schweigen. Sylvia drückte ihr heiles Ohr an ihre Tür, sie hörte, wie die Tür gegenüber verschlossen wurde. Sylvia schaffte es zu ihrem Bad und brach in einen Eimer, den sie für diese Momente für sich bereithielt, weil sie ihn in der weiteren Zeit immer wieder brauchen würde.

Sie versuchten es nochmals in den nächsten Tagen, aber es schien ihnen nur einmal erfolgreich gelungen zu sein und das nur mit Hilfe von Wolf. Emil überlegte wohl neue Vorgehensweise. So geschah es auch, dass Sylvia noch im Treppenhaus, direkt vor der Haustür stand. Neben ihr befand sich die Kellertür. Sie öffnete die Haustür und in dem Moment bemerkte sie Emil, der die Kellertür aufstieß und versuchte, Sylvia vor ihrer Flucht zu erwischen. Was ihm nicht gelungen war, was ihn aber veranlasste, sich breit in die Haustür zu stellen und laut hinter Sylvia her zu brüllen, dass er sie noch kriegen würde.

Er hatte ein Problem, denn Sylvia war, was den Tagesablauf anging, nicht zuverlässig mit ihrem Verlassen des Hauses. Das ärgerte Emil schon. Er nahm sich die Haustür vor. So schloss er zu unmöglichen Zeiten die Haustür ab. Was nicht unbedingt erlaubt war. Wenn es zum Beispiel im Haus brennen würde, das Treppenhaus benutzt werden musste und die Panik dafür sorgte, wenn der Haustürschlüssel vergessen worden wäre. Zurück zu dem Brand wäre nicht möglich. Nur die Flucht aus der Haustür und die sollte abgeschlossen sein?

Oder im ersten Stock wird eine Hilfe von Rettungswagen benötigt. Es wird der Knopf zur Öffnung der Haustür gedrückt. Und es funktioniert nicht, weil die Tür abgeschlossen wurde. Eine Rettung kann nicht zu einem der sie braucht, nur, weil jemand die Haustür abgeschlossen hat.

Damals wurde versucht, die Sache mit dem Klopfen an der Wohnungstür zu wiederholen, um einen weiteren Anschlag an Sylvia durchzuführen. Das gelang nicht. Dann die Haustür in allen Variationen. Wieder wollte es nicht klappen. Wobei Sylvia irgendwann nahe zum Wochenende zu der Haustür lief, die Klinke in die Hand nahm, um die Tür aufzuziehen. Was ihr nicht gelang, sie hatte die Klinke in der Hand und die Tür blieb zu. Er versuchte da etwas, musste dann aber mit dem Taxi losfahren. Sylvia konnte sehen, als er das Haus verließ, darum nutzte sie das. Irgendwie gelang es ihr, die Klinke wieder in die Haustür zu bekommen. Mit Vorsicht ließ sich die Tür dann öffnen. Die Schrauben lagen nahe auf den Briefkästen.

Es gab eine Zeit, besonders im Frühjahr beginnend, im Herbst Ende nehmend, in denen das Ehepaar zum Wochenende alle zwei Wochen, mit einem Wohnwagen, zu einem Campingplatz an die Ostsee fuhren. Diese Zeit wurde von den weiteren Bewohnern des Hauses förmlich genossen. In dieser freien Zeit wurden dann auch von ihnen Reparaturmaßnahmen durchgeführt. Dann auch für die Haustür. Es gelang ihnen dafür zu sorgen, dass das Schloss nicht zum Abschließen genommen werden konnte. Das Schloss wurde so befestigt, dass es unmöglich wurde, die Schrauben noch einmal los zu schrauben und die Klinke saß ebenso fest. Die Haustür wurde sicher und das wurde mit Ausdruck lautem Protest von Emil bei seiner Rückkehr festgestellt.

Natürlich hatte es Elisabeth versucht, zusammen mit Sylvia, etwas bei der Polizei in der Sache zu unternehmen. Aus deren Sicht gab es keine Beweise und wenn doch, so reichte das nicht, scheinbar. Zudem war für alles nicht die Polizei zuständig. So war das mit der Zuständigkeit.

24.

Für Sylvia stand Training an der ersten Stelle. Das bestand zum einen mit den täglichen Kilometer, die sie mit ihrem Tretroller fuhr. Zum weiteren war ihr das tägliche Schreiben und auch das Sprechen ganz wichtig. Dann führte sie auch gerne Gespräche mit freundlichen Menschen. Es war ein in den Jahren gekommener Mann, mit dem sie auch über ihre Probleme sprechen konnte, wenn sie sich wieder zufällig im Park trafen.

So kam es, dass er ihr eine interessante Geschichte erzählte. Er berichtete, dass er in jungen Jahren, dann auch über einen längeren Zeitraum, die Wochenenden für einen Sicherheitsdienst tätig war. Selbstverständlich, wie auch seine damaligen Kollegen, musste er vorher an einer entsprechenden Ausbildung teilnehmen. Dort lernte er den Umgang mit Personen, wenn eben auch mit denen eine Deeskalation erforderlich wurde. Natürlich werden auch das Verhalten in Gefahrensituationen und viele andere wichtige Sachen vermittelt. Es gilt aber auch die eigene Unfallverhütung, auch einschließlich der rechtlichen Grundlagen.

Zuständig war er, zusammen mit weiteren Kollegen, für eine Aufsicht der Gäste, die Abenden in einer Diskothek verbringen wollten. Es kann natürlich geschehen, dass manche Gäste einfach zu viel Alkohol zu sich nahmen und es dann sogar zu einem risikoreichen Konsum kam. Was unter Umständen bei den Gästen auch zu einem aggressiven Verhalten führte. Was er durchaus öfter erlebte. Seine Aufgabe bestand darin, für Ruhe zu sorgen.

Es gab für ihn schon durchaus kritische Situationen, bedingt durch Alkohol, aber durchaus auch durch Einnahme von Drogen der Gäste. Manchmal wendete er dann, im äußersten Fall, diese Art Ohrfeige an. Natürlich in der zarten Art und Weise. Möglich war das dann, wenn der Betroffene selber seine Körperbewegungen nur eher träge erscheinen lassen konnte. Dabei aber eben eine aggressive Vorgehensweise von ihm geplant war. Der Getroffene schwächte danach deutlich und konnte dann auch zu einer Bank begleitet werden. Dort konnte der anstrengende Gast einen passenden Nachtschlaf tätigen. Es kam halt auf die Kraft des Schlages an, das wusste er und darin sah er auch damals seine Verantwortung.

In den Jahren wurde nie gegen ihn in der Sache vorgegangen. Es war ihm bekannt, welche Wirkung ein solcher Schlag haben könnte. Sylvia meinte, dass eine Fachärztin ihr sagte, dass der Täter bei ihr das falsche Ohr erwischt habe. Das wurde von dem Mann bestätigt. Auch, dass sie zusehen sollte, so schnell wie möglich eine andere Wohnung für sich zu finden. Was sie bereits versuchte, was aber natürlich in der Zeit sehr schwierig war.

Sylvia hat die Hirnblutung überlebt, von den Sportbewegungen, die sie vorher durchführte, sollten einige von denen nicht ausgeführt werden. Das Joggen sollte sie unterlassen. Es könnte dann zu Erschütterungen des Körpers kommen. Das sollte auf jeden Fall vermieden werden. Der Tretroller wirkte nicht schadend auf sie. So sollte auch aus der Sicht ihres Arztes ihr Verhalten entsprechend wirken: erstens nicht schaden, zweitens vorsichtig sein, drittens könnte dann vielleicht auch irgendetwas wieder heilen. So rollte sie fast jeden Tag durch die Bauernschaften, nutzte Wege und Radwege. Natürlich fuhr sie auch über schmale Straßen.

Sie rollte auf dem Asphalt, der Seitenstreifen war unbefestigt. Ihr entgegen kam ein PKW, der Fahrer fuhr weiter rechts und hielt an. Er schien Platz für einen entgegen kommenden Wagen zu machen. Sylvia hörte auch das Geräusch, es geschah für sie auch sehr schnell. Sie spürte seitlich das vordere Teil des Taxis. Entfernt von ihr vielleicht eine Handbreite neben ihrer linken Seite und dort von ihrer Lenkung. Sie zog den Tretroller in den Seitenstreifen und blieb umgehend stehen. So donnerten sowohl Wanda, als auch Emil, mit den Taxis an ihr vorbei und mit dem Tempo auch an dem Autofahrer. Der kurbelte das Fenster an seiner Fahrerseite herunter und Sylvia hörte ihn laut schimpfen. Er fuhr los, blieb in ihrer Höhe stehen. Fragte sie, ob bei ihr alles in Ordnung sei.

Schimpfte über die Unverschämtheit, die sich diese Taxifahrer erlauben würden, dass er schon einen Schrecken bekam, weil er zuerst dachte, dass sie angefahren worden sei.

Sylvia brachte keinen Ton heraus. Sie schüttelte leicht den Kopf. Der Fahrer fuhr weiter. Sie stand unter Schock. Für sie war es klar, dass diese Wege für sie nicht mehr in Frage kommen durften. Wenn sie wussten, wo sie fährt, würden sie auch das noch einmal versuchen. So beschloss Sylvia, ihre Touren nur noch auf Radwegen durchzuführen.

Das war ihr natürlich nicht überall möglich. So gab es für sie eine kritische Straße, wenn sie eine Strecke in die nächste Stadt fahren musste. Die Radwege führten seitwärts der Hauptstraße und waren entsprechend gezeichnet. Sie nutzte diese Wege und dabei galt für sie, dass sie immer der Gefahr ins Auge sehen müsste, was ihr Sicherheit gab. Sie rollte einfach auf der anderen Seite. Was Radfahrer nicht durften, aber sie ja auch nur einen Tretroller fuhr.

25.

Natürlich wurden wieder Zettel von Wanda als Hinweise für die weiteren Personen an der Haustür angebracht, bevor beide das Haus verließen. So konnte Sylvia wieder ein Foto davon erstellen und wollte es eigentlich nur in einer entsprechenden Datei abspeichern. Sie hoffte, dass sich irgendwann irgendeine Zuständigkeit dafür finden würde. Dann war sie aber doch damit beschäftigt, den Text genau zu prüfen. Wanda musste hochgradig aggressiv gewesen sein, als der Zettel von ihr entstand. Sie schrieb, dass die Nachbarn sich an ihren dummen Kopf fassen sollen. Bezeichnet die Männer als Waschlappen und gleichzeitig als Saubermänner. Beide seien Sylvia hörig.

Erschreckend schrieb sie, dass beide Männer doch froh sein sollten, weil Sylvia nach dem Schlag weg war. Sie sollte doch auch eigentlich nicht mehr zurückkommen. Der ganze Ort würde wissen, dass das Haus ein Saustall sei. Diese Zettel befestigte sie an der Haustür, für jeden lesbar, der den Bereich des Treppenhauses betrat.

Michael meinte, wegen dem Gestank im Haus, die Haustür wieder weit zu öffnen. Irgendwann danach fuhr Emil mit dem PKW auf den Parkplatz vor dem Haus. Er schrie, als er ausstieg. Wanda war nicht auf dem Beifahrersitz, vermutlich musste er sie noch bei dem Taxiunternehmer absetzen, damit sie ihr entsprechendes Taxi abholen konnte. Das wird der Grund gewesen sein, warum Emil nicht mehr viel am Steuer trinken durfte. Irgendwie war schon klar, dass er bereits ein starker Alkoholiker war.

Er schrie, weil die Haustür wieder weit geöffnet worden war. Es durfte aus seiner Sicht nicht gelüftet werden. Er lief laut schimpfend um sein PKW und öffnete die Seitentür. Dort standen die Bierkisten. So griff er nach Bierflaschen und lief, nach wie vor schreiend, in das Haus. Dort krachte darauf die Haustür in das Schloss. Sein Geschrei dröhnte dann weiter durch das Treppenhaus, zusammen mit Schimpfworte auf die weiteren Bewohner des Hauses. Irgendwie schien er Probleme zu haben, um die Wohnungstür zu öffnen. Sylvia sah nach einiger Zeit vorsichtig aus ihrer Wohnung und konnte sehen, dass die Zettelwirtschaft an der Tür verschwunden war. Er musste sie in seiner Wut abgerissen haben.

Es dauerte nicht lange, da wurde Emil ruhiger. Dazwischen spürte Sylvia ein wirklich starkes Bedürfnis, diesem furchtbaren Stress ein Ende setzen zu können.

Es gab eine Zeit, bevor Wanda und Emil in die Wohnung eingezogen waren. Ein älteres Haus, in dem Sylvia wohnte und eigentlich hätte einiges getan werden müssen. Irgendwie ergab es sich, dass auch im Vorgarten etwas getan werden musste. Sylvia gefiel das und so kümmerte sie sich um den Vorgarten, auch um den Innenhof. Die Miete zu zahlen war für sie kein Problem, so blieben für sie auch ein paar Euro übrig, um auch Blumen und Pflanzen in ihren kleinen Garten und auch in den Vorgarten zu pflanzen. Ihre Katzen sorgten dafür, dass sich Mäuse und auch Ratten nicht ausbreiten konnten. Es war gut, dass sie selber Fotos ihres Tuns im Garten erstellte. So konnte sie das viel später noch betrachten, besonders, nachdem Wanda das dort übernahm.

Nach dem Einzug der Beiden kamen es fast täglich zu Beschimpfungen von ihnen. Bei Sylvia begann es, nachdem sie Emil der Polizei meldete. Für sie war es eigentlich eine Pflicht, die Polizei in Kenntnis zu setzen, wenn ein Mann sich deutlich zu nahe einem Kind nähert und mit dem Kind »Geheimnisse« haben möchte.

Dass sich Sylvia in der vergangenen Zeit immer wieder fragen musste, ob diese gedachte Pflicht ein gnadenloser Fehler war, schmerzte sie sehr. Dass sie dann in die Situation kam, dass sie eine schwere Körperverletzung auch noch überleben sollte, aber das den verantwortlichen Tätern nicht nachzuweisen war, dürfte ebenfalls sehr schlimm für sie gewesen sein.

Der Ärger und der Stress hörten nicht auf. Es war ein weiterer Zettel, den auch Michael und Mio belasteten. Wanda schien es überhaupt nicht zu passen, dass die Mitmieter darüber sprachen, dass ihr Emil sie wieder verprügelt hatte, dass er sogar seine Bierflaschen nach ihr in der Wohnung warf. Das Glas zerbrach, die Scherben fielen laut auf die Fliesen. Der Dackel jaulte.

Mio, der ja über den Beiden lebte, musste es in seiner Wohnung wieder ertragen. Zudem auch das Geschrei von Emil. Danach war wohl Ruhe, Wanda war wieder getroffen worden und schwieg. Michael wurde danach im Treppenhaus von Emil mit einer Schnapsflasche beworfen, die ihn knapp verpasste, die neben ihm an der Wand landete und dann mit Krach auf die Fliesenplatten fiel.

Auf dem Zettel, den sie am nächsten Tag an ihre Wohnungstür anbrachte, teilte Wanda mit, dass es sein könnte, dass eine Flasche Bier Michael an den Kopf fliegen würde. Die auch von ihr geworfen wird, um dann das Gehirn von ihm aufräumen sollte.

Die Antwort außenstehender Personen bestand in der Regel darin, Sylvia vorzuwerfen, dass sie nicht längst ausgezogen sei. Einfacher wäre es, wenn Wanda ihren Mann Emil vor die Tür setzen könnte. Was Wanda nicht machte und wohl auch nicht plante. Die meisten freistehenden Wohnungen, die für Sylvia in Frage kamen, kosteten entsprechend mehr Geld. Mit ihrer Rente war das nicht machbar. Zum Sozialamt zu gehen und dort um Zuschüsse zu bitten, kam für Sylvia nicht in Frage. Wohnungen fehlen.

Und doch schien es gefährlich zu sein oder zu werden, sich mit Pädophilen anzulegen, wobei wohl auch noch deren Unterstützung von Eva vorhanden war.

Geplant war von Wanda und Emil, Sylvia wieder anzugreifen. Emil passte auf, wenn sie die Wohnung verließ. An dem Tag war sie im Innenhof und wollte mit ihrem Tretroller los als sie merkte, dass sie etwas Wichtiges vergessen hatte. So lief sie zurück, eilte schnell in ihre Wohnung, ging wieder in den Flur, schloss die Tür ab, wandte sich, um den Flur wieder zu verlassen. Emil nutzte das und war bereits aus seiner Wohnung geschlichen. Ohne zu zögern stürzte er Richtung Sylvia, sein Gesicht mit hasserfülltem Ausdruck dunkelrot gefärbt. Wieder sah Sylvia, wie er seinen Arm angewinkelt vor seinem Körper hielt, wieder die Hand zur Faust gebildet, wieder war sein Daumen mit den Fingern geschlossen. Damit wollte er nicht nur drohen, damit machte er Sylvia klar, dass er die Gewalt seiner Faust gegen sie einsetzen wollte.

Im Prinzip eine Sache, die sich innerhalb ablaufenden Sekunden ereigneten. Sylvia hätte keine Chance gehabt. Zurück in die Wohnung ging nicht mehr, an ihm vorbei und dann zu flüchten war ebenfalls nicht möglich. Eine verbale Zurechtweisung war ihr nicht möglich. Bei Stress versagte ihre Sprache.

Ihren Arm streckte Sylvia vor, die Hand war auf halber Höhe, reichte in die Richtung des Dackels, der Emil natürlich bei dieser Aktion begleitete. Nur einen kurzen Druck von Sylvia auf den Pfefferspray, was dazu führte, dass ein Hauch sich in die Bewegung des Emils bewegte, der sich umdrehte und wieder zurück in seine Wohnung stürzte. Der Dackel tat Sylvia leid. Der arme Hund erreichte vor seinem Herrn die Wohnung. Die Wohnungstür wurde schallend geschlossen und dann trat eine Ruhe in den Treppenflur, den Sylvia umgehend verlassen konnte.

Sie fuhr mit ihrem Tretroller los, konnte den Ort verlassen, kam an Sträuchern und Bäumen vorbei, hielt an, hielt sich am Stamm eines Baumes fest und musste wieder brechen.

Das Brechen war eigentlich überstanden, zusammen mit ihrem Morbus Menière. Nach dem Anschlag, der ja Wanda und Emil zuerst als Erfolg feierten, wurde das Erbrechen für Sylvia zu einem Problem. Darum versuchte sie ja auch, jeglichen Kontakt der Beiden zu verhindern. Wenn das doch wieder geschah, musste sie auch schon wieder brechen. Auch ein Zustand, der für Sylvia unerträglich wurde. Den weiteren Opfern der Beiden dürfte auch das kaum zu ertragen sein.

Natürlich meinte Emil als Simulant, die Stunde des Gewinnens wieder bald feiern zu können. Wanda kam erst später nach Hause. Beide suchten die Polizei auf, schilderten eine Geschichte, die natürlich anders erzählt wurde als sie war.

Natürlich behauptete Wanda, dass sie anwesend war. Wobei beiden nicht so wirklich geglaubt wurde. Zumal dieses furchtbare Verhalten der Beiden nicht aufhörte. Ganz im Gegensatz war Sylvia klar, dass noch weitere Angriffe von beiden zu rechnen war. Wobei es Sinn gab, genau hinzuschauen, um zu sehen, wer Konflikte anzettelte. Und um was es genau gehen würde. Was geschehen war, sollte aus Sylvias Sicht distanziert aufgearbeitet werden. Dazu brauchte sie schon ihren Sport, das machte ihr den Kopf frei. Das war auch gut so.

26.

Es ist natürlich kein Spielzeug, was sich Sylvia zulegte, es ist ein Sportgerät. Mit dem bodennahen Trittbrett des Tretrollers, was sie zwischen 25 und 30 km fast jeden Tag leisten ließ und lässt, was sie eben als sinnvoll ansieht. Aber die Ursache daran lag, weil sie nach dem Anschlag, und damit dem Überleben, die erste Zeit im Rollstuhl verbrachte. Das war für sie unerträglich, eben wie die Unfähigkeit zu sprechen oder zu schreiben. Das Training brachte ihr eine körperliche Verbesserung. Wobei ihre

Touren auch auf ihr Herz-Kreislauf-System positiv wirkten.

Damals trug sie jeden Tag das Sportteil aus der Wohnung, wo sie es unterbrachte. Über das Treppenhaus war ihr nicht möglich, auf keinen Fall wollte sie sich in Gefahr bringen. So beförderte sie das Sportteil über die Terrasse, durch den kleinen Garten, dann über den winzigen Eingang in den Innenhof, der durch die Kameras überwacht wurde. Danach ging sie den Weg zurück und verließ das Haus durch die Wohnungstür, schützte sich im Treppenhaus irgendwann nicht mehr mit dem Pfefferspray. Sie trug eine Art Knüppel in der Hand. Das wirkte auch. Emil hielt Abstand, wenn es doch eine Begegnung gab. Vorsichthalten wurde für Sylvia zu einer Zumutung. Damit stand sie mit dieser Meinung allerdings nicht alleine da.

Diese Jahreszeit, und damit der Oktober, gefiel ihr auch in dem Jahr ausgesprochen gut. Die Sonne schien, es war nicht kalt, nur der Wind war manchmal zu stark. Bei Gegenwind wirkte es schon fordernd, Rückenwind dagegen brachte Spaß in die Bewegung. Ihr Kopf brauchte wieder Freiheit. Sie brauchte ihre Gedanken, gerade die, die sich eigentlich in dem Keller ihrer Seele befanden. So ließ sie es zu, dass die sich hoch begaben, dass sie dieses Unterbewusstsein auch erwachen ließ. Eigentlich sollte sie alles verarbeiten, um irgendwie auch zum Frieden zu kommen.

Sie erinnerte sich an den Vollrausch ihrer Mutter. Damals war sie mit den Eltern im Urlaub an einem See. Dort wanderten sie zu einem Kloster, das hoch auf einem Berg lag. Das Bier oben war selbstgebraut. Es war etwas Besonderes für ihre Mutter und es schmeckte ihr gut.

In einer Milchkanne ließ sie sich noch etwas abfüllen, nahm es mit, als Proviant für den langen Rückweg. Sylvia hatte ihre Mutter vorher, und auch später, nie betrunken erlebt. Die Mutter sang auf dem Rückweg die alten Lieder von der Fahne hoch und den Reihen, die fest geschlossen waren.

Später versuchte Sylvia sie auszufragen. Da erzählte sie von der Jungmädchenschar, von dem Lyzeum, dass sie besuchte und davon, dass sie zum Ende des Krieges flüchten musste. Dabei kam Sylvias Mutter aus gutem Haus, das dann verloren war auch das, was eigentlich reich machte. An das sie sich traurig erinnerte.

Viel später erzählte sie von der Flucht mit dem Kind, das gezeugt noch im Krieg und im Heimaturlaub, und später Sylvias älterer Bruder war, und davon, dass sie in der Dunkelheit nicht weiterkonnte, mit dem Kind und sich an einen Hügel legte und einschlief und am nächsten Morgen sah, dass sie am Rand eines Massengrabes lag. Und viel später sang sie im Vollrausch die alten Lieder und preise den, der ihr die Kindheit, die Jugend, das Zuhause, das Gute und auch das Reiche genommen hatte.

Irgendwann bekam Sylvia in ihrer Schule alte Filme zu sehen, die KZs zeigten und die Menschen, die irgendwie überlebten. Und es wurde darüber berichtet, wie das umgesetzt wurde. Der Ausdruck »Endlösung« wurde für den Holocaust gebraucht. Die Todeszüge aus dem ganzen Reich und den übrigen eroberten Gebieten in die KZs, wo die Ankömmlinge selektiert und ein Großteil sofort, der Rest später, in Gaskammern ermordet wurden.

Die »Endlösung« steht für die Taten der Hauptkriegsver-
brecher ab 1945 im Zentrum der NS-Zeit.

Wolf schrieb an seine Geliebte Eva einen Brief, nachdem er seinen Mord an seiner zweiten Ehefrau erklärte.
Nur Eva sollte ihm seine Tat verzeihen. Es hätte keine gemeinsame Lösung gegeben. Für ihn gab es nur eine Lösung, die »Endlösung«. Er hatte die Zeit doch nicht selbst
erlebt. Er wurde doch später in eine andere Zeit geboren.
Er musste doch auch erleben, was in der schweren Zeit
geschehen war. Ein Wort, das Verbrecher für sich
brauchten. Was er für sich übernahm. Was er brauchte
für den Mord an seiner Frau und die Versuche, die er gegen Sylvia benötigte. Was Eva auch noch unterstützte.

Und Sylvia konnte ihre Mutter damals, vor so vielen
Jahren, nicht verstehen, will es aber auch bis heute nicht.
Mit ihrer Mutter war sie zerstritten. Als sie dann damals
sterben musste, war Sylvia bei ihr, hatte sie auf ihren letzten Weg begleitet und so konnte sie sich mit ihr auch wieder versöhnen. Das müsste sie weder für Eva, noch für
Wolf tun.

Sylvia rollte von der Gemeindestraße und befuhr dann
den Wirtschaftsweg, dabei trat sie intensiver und be-
schleunigte darum mit ihrem Tretroller. Rechts und links
von ihr waren die Maisfelder bereits abgeerntet. Der
Blick wirkte befreiend für sie und wirkte darum weiter
auf ihre Erinnerungen.

Es war die Großmutter, die später die Auffassung vertrat, dass für Sylvia eine stabile Umgebung für das Lernen wichtig wäre. So fand sie auch eine entsprechend
passende Schule. Die wurde von Ordensschwestern ge-

leitet, es herrschte Ordnung und Disziplin. Der Tagesablauf war geregelt, Silentium war Pflicht. Sie begegneten sich dort mit Respekt. Das Gebäude war von einer hohen Mauer umgeben, das schwere Tor wurde abends verschlossen. Und doch hatte Sylvia nie das Gefühl, gefangen zu sein. Sie fühlte sich behütet und beschützt. Über allem lag Ruhe und Frieden.

Scheinbar wollte ihre Großmutter, dass Sylvia erscheint, als würde sie aus gutem Hause kommen. Aus Sylvias Sicht bekam sie damals vor den Gretchentragödien ihren letzten Schliff.

Der Wirtschaftsweg endete und gab den nächsten Weg frei. Rechts und links rollte sie an eingezäunten Wiesen vorbei, wo sich Pferde befanden, die Sylvia freundlich betrachteten, wenn sie vorbeikam, so bildete sie sich das ein. Am Ende des Weges befand sich eine Straße, die sie überqueren musste. Der folgende Weg war ansteigend, sie musste sich bemühen, ihn auch zu schaffen. Dafür brauchte sie Kraft, die sie aber auch mittlerweile besaß.

Kriminelle zu erkennen, dann darauf sinnvoll reagieren, war scheinbar nicht ihr Ding. Alleine der Drogendealer. Die Schlacht gegen ihn war eher in ihrer Flucht zu sehen, als sie einfach in eine neue Umgebung zog. Sie hätte es schon sofort sehen sollen, dass er mit Drogen handelte. Dann wäre es natürlich besser gewesen, dort nicht hinzuziehen. Wenn sie weggesehen, was wäre dann gewesen. Er dürfte eigentlich besser darauf verzichten sollen, sein bester Kunde zu werden. Von ihm könnte heute kein Ärger mehr kommen, er wird genug mit sich selbst zu tun haben.

Den ersten höheren Bereich hatte Sylvia erreicht. So machte sie eine kurze Pause und trank ein paar Schlucke aus der Flasche Wasser, die sie bei ihrer Tour mitnahm. Links von ihr leben die Rehe, auf der anderen Seite kann sie die Pferde weiden sehen. Sie dürfen auch die Nacht im Freien verbringen. Kein Stall der sie einengt. Sie genießen ihr Leben in Freiheit die von einem Weidezaun zum anderen reicht.

Eva wollte sich selbst in ihre Situation bringen. Das Geld von Wolf, die hohe Summe, passte schon für ihre Ansprüche. In ihre weitere Planung passte Wolf nicht. Dann konnte er einfach nicht an seinem Krebs sterben. Ganz im Gegenteil. Er dürfte bei seiner Entlassung gehofft haben, dass er die letzten Jahre seines Lebens mit Eva in ihrem Haus verbringen würde. Was auch für Wolf nicht funktionierte, denn Evas Ehemann wollte sie nicht im Stich lassen.

Irgendwie musste Sylvia doch darüber lachen. Zwei Männer, die Eva nicht verlassen wollten. Und je länger die ihr blieben, umso weniger blieb ihr das Vermögen in der Menge. Das dürfte für sie auch ärgerlich sein. Dieses Problem schien sie nicht lösen zu können. Also benötigte sie entsprechende Feinde.

Viola hatte einen Anwalt. Schwierig war es schon, denn dann dürften von Eva Argumentationen nötig sein. Was weniger anstrengender wäre, wenn Terror und Drohungen in Richtung von Sylvia gebracht werden. Wobei wirklich die Meinung durchdrang, dass sie eigentlich den Anschlag nicht überleben sollte. Eigentlich könnte sie sich auch selbst umbringen, das, was Wanda und auch Emil, sogar schriftlich, zu Sylvia meinten: »kleine behinderte Fotze—mach dich endlich weg«, was Sylvia aber auch nicht machte. Der Anwalt von Wanda und Emil meinte Sylvia schon mitzuteilen, dass Drohungen seiner Mandanten nicht gemacht wurden und nicht stattfinden werden. Die Frage stellte sich natürlich bei dem Hinweis auf kleine und behinderte, die auch mit den Taxis befördert wurden und noch werden. Dass Sylvia von dem Anwalt unterstellt wurde, dass von ihr eine verstörende Auseinandersetzung zu seinen Mandanten hervorgerufen würde. Zudem noch das Wort, das als konkrete Beleidigung gesehen werden kann, wirkt alles auf Sylvia zusammengefasst als absolute Verachtung.

Das letzte Stück musste Sylvia ihren Tretroller schieben. Dann hatte sie endlich den höchsten Bereich des Berges erreicht. Wie still es für Sylvia dort ist, wie friedlich, wie manchmal es auch in früheren Zeiten manchmal so war. Dann konnte ihr Blick nicht weit genug gerichtet sein. Ein freies Feld bis der Horizont endete, da, wo scheinbar ein Wald beginnt. Aber bis dahin wünschte sie sich einen weiten Blick. Wobei genau dort, weiter unten, entdeckte sie wieder die Hochlandrinder, die sich friedlich bewegten.

Natürlich waren Wanda und Emil direkt vorhanden, sie wohnten Tür an Tür mit ihr. Die Einkünfte von ihnen bestanden zum einen von irgendeinem Amt, dann etwas Geld für die Taxifahrten. Der Rest war Schwarz verdient. Wobei die Fotos und Filme Geld brachten, davon ließen sich schon Autos, Wohnwagen, Urlaube finanzieren. Aber Geld für einen Anwalt ausgeben, der seine Kosten höher forderte, als das Amt zu zahlen bereit wäre, dürfte für sie nicht in Frage kommen.

Eher würde es wohl besser passen, wenn Eva sich bei dem Anwalt beliebt machte, ihn zahlte und er ihr dann umfangreich sein Können gegenüber Sylvia zeigen konnte. Was er ja auch tat.

Über den Wäldern kann sie noch die Spitze einer Kirche erkennen. Dort sollen vor mehr als 30 Jahren junge Menschen missbraucht worden sein. Die brauchten den Tod des Priesters, um reden zu können. Und was hat die Anzeige von ihr gegen den Grundschullehrer gebracht? Der Lehrer musste 5.000 D-Mark zahlen. Dann war es ein Taxifahrer und eine Anzeige von Sylvia, wobei sie dafür fast draufgegangen wäre. Denn sie musste sich unbedingt auch noch mit einem Mörder anlegen.

Der Berg machte ihren Kopf frei. Wie bestimmte Ereignisse so Einfluss nehmen können auf ihre Lebenseinstellungen, auf ihr Verhalten, auf ihr Tun. Fühlte sie sich als junge Frau im Widerstand gegen die eigene Mutter. Dann fühlte sie sich viele Jahrzehnte lang auch als eine überzeugte Pazifistin. Aber war viele Jahrzehnte lang von Gewalt umgeben. Erlebte jetzt wieder Gewalt, als Pazifistin, eben irgendwie wie das Lämmlein inmitten der Wölfe. Sylvia überlegte, ob sie einen Teil von sich preisgeben will, das scheinbar in all den Jahren irgendwo zwischen Groß- und Stammhirn schlummerte. Und dann? Es wäre nicht mehr als ein Lämmlein zu sein, dass sich scheinbar den Wolfspelz überzieht und dann nach Art der Wölfe blökt, oder schnattert wie eine Ente.

Ihr Blick wanderte auf den Weg, der sich nahe des Waldes verlief, weiter entfernt unten vom Berg. Sie musste die Ruhe verlassen, aber sie fühlte, dass der Weg dorthin sie wieder stark machte. Das brauchte sie auch, vermutlich sogar sehr viel Kraft.

27.

Für Eva und das Ehepaar war der Anwalt sehr engagiert tätig, simpel betrachtet, eben ein Anwalt, der tätig wurde, für den Kinderschänder und dessen Schänderin. Für die stellte der Anwalt einen Antrag bei Gericht, dabei ging es nicht um Miet- und Wohnungseigentumsrecht. Es ging in der Tat um eine einstweilige Verfügung gegen Sylvia und es drohten Ordnungsgelder und nicht nur das. Das war schon eine schlaue Überlegung. Denn es war die Aufgabe der Antragsteller zu kontrollieren, dass sich Sylvia an das Verbot der einstweiligen Verfügung hält. Was natürlich kein Problem für die Beiden war. Denn selber haben sie alles versucht, dass es zu weiteren Verletzungen oder Bedrohungen von ihnen kommt.

Es ging tatsächlich um Gewaltschutz. Aber nicht für Sylvia. Zwei Personen die kontrollieren, die wieder angreifen können und das auch werden, die können dann zudem natürlich mehr an ihren Anwalt liefern, als eine Person, die angegriffen wird, die sich dann noch nicht einmal einen Anwalt leisten kann.

Dabei führte er bereits zu Anfang des Schreibens fest, dass Elisabeth Sylvias gesetzliche Betreuung sei. Das müssten die Beiden ihm wohl so geschildert haben, oder vielleicht deren Verwandtschaft aus dem Innenbereich des Anwaltes. Auch Martha wurde als Zeugin benannt.

Was allerdings auffiel war der Hinweis, dass Sylvia sich aufgrund eines erlittenem Schlaganfalles vorübergehend in Krankenhausbehandlung begeben hatte. Das liest sich einfach locker, was es wirklich nicht war. Zumal für eine Diagnosestellung mehrere Schritte erforderlich sind, die üblicherweise nicht von einem Anwalt gemacht werden sollten.

Der dürfte von den beiden ehemaligen Sonderschülern über eine Diagnose in Kenntnis gesetzt worden sein. Nicht von Ärzten. Anscheinend dürfte es wohl auf einen entsprechenden Numerus Clausus nicht mehr anzukommen. Wer also dringend eine Diagnose benötigt, könnte scheinbar besser Anwälte damit beauftragen, wäre dazu folglich ein logischer Gedanke. Tatsächlich sollte es in dem Bereich vermutlich auch Unterschiede geben.

Aber aufgrund Sylvias Zustandes konnte sie, in der kurzen Zeit eben, Wanda und Emil nicht erneut persönlich angreifen. Dann wurde in der Tat mitgeteilt, dass Sylvia im Treppenhaus auf Emil losgegangen sei, dass sie ihn angeschrien mit den Worten: »Ich bring dich um«. Und gleichzeitig eine rötliche Farbspraydose sogar bis in die Wohnung versprühte. Was auch dann zur Vergiftung des Blutes von Emil führte. Was als Körperverletzung dargestellt wurde und für Sylvia eine Freiheitsstrafe bis zu fünf Jahren gefordert wurde.

Dann wurde 10m Abstand gefordert, woran sich weder Wanda noch Emil hielten, ganz im Gegenteil sogar. Interessant sind die Anlagen, die scheinbar von dem Gericht nicht geprüft wurden. Bei der angeblichen Mitteilung von Elisabeth handelte es sich nicht um die Mitteilung, dass sie eine gesetzliche Betreuung für Sylvia wäre. Sie weist auf die Rechnung, die die beiden überwiesen haben, nachdem sie versuchten, Elisabeth eine Wagenbeschädigung zu unterstellen, mit dem Hinweis, dass den Beiden die weiteren Versuche ebenfalls Geld kosten würde.

Was ebenfalls wunderte, dass der Anwalt ein Schreiben von Wanda in den Antrag an das Gericht einfügte. Sylvia hatte ihm vorab, vor dem Anschlag, ein Schreiben gesendet, in dem sie auch übelste Nachrede der Beiden aufgeführte. So schrieb Wanda an Mio, dass Sylvia sich in dem Ort nicht mehr blicken lassen könnte, und sie mit Sicherheit nirgendwo eine andere Wohnung in dem Ort finden würde. Denn in dem passenden Internetnetz des Ortes würde sie lächerlich eingestellt sein und wenn Leute Wanda ansprechen würden, könnte sie noch mehr Preis geben. Wobei sich Sylvia schon fragte, wer im Netz gegen sie aktiv war. Es musste jemand sein, der in Netzwerken unterwegs war. Dort wurde bereits versucht, Einträge von Sylvia zu blockieren. Zugetraut hat sie das dem Ehemann von Eva.

Nun haben sowohl Wanda, als auch Emil zu allem noch eine Eidesstattliche Versicherung abgegeben. Damit wurde alles als Wahrheit schriftlich mit ihrer Unterschrift bestätigt. Auf jeden Fall sollte Sylvia in das Gefängnis. Das hatte Eva dem Kommissar geschrieben. Das hat sie geträumt, was Sylvia bei ihr in ihren Träumen bereits schaffte. Darum sollte das real durch Eva geschafft werden, mit der Hilfe von Wanda, Emil und dem An-

walt, und dann sollte das von diesem Dunstkreis ge-
machten Tun gegen Sylvia auch endlich funktionieren.
Wenn Sylvia nicht sterben wollte, dann sollte sie auf jeden Fall in das Gefängnis gehen.

Natürlich meinte Sylvia, dass sie diese Angelegenheit
irgendwie in den Griff bekam. Einen Anwalt konnte sie
sich mit ihrer Rente nicht leisten, was auch bekannt war.
Ihre Schreiben waren, aus ihrer Sicht, ausreichend. Die
aber so nicht funktionierten. So kamen in der Tat Schreiben, in denen sie zu unmöglichen Kosten aufgefordert,
sogar, das Gefängnis gedroht wurde. Es war einfach nur
zu viel. So bat sie um Hilfe.

Es gab auch Menschen aus dem Ort, die auch lasen,
was eigentlich Zuständige hätten machen müssen. Es
gab auch schon einige Menschen, die selbst gesammelte
Erfahrungen zu Wanda und Emil erzählen konnten. Irgendwann schrieb Sylvia an Organisationen des Ortes.
Über ihren Fall wurde im kleinen Kreis gesprochen und
da fand sich ein Bürger, der sich an Ereignisse erinnerte,
die in dem Ort stattfanden.

Es gibt halt Dinge, die nicht vergessen werden können
und sollten. Auch nicht nach Jahren, selbst nach Jahrzehnten nicht. Da kann es auch sehr gut sein, dass solches Wissen, selbst nach Jahrzehnten, wieder an das
Licht geholt werden. Was auch geschah und was Sylvia
als positive Erfahrung empfand. Nicht nur sie, sondern
auch andere Menschen die das nicht mehr wussten, waren erstaunt. Aber manche Dinge sollten halt nicht in der
Vergessenheit bleiben.

Es konnte sich jemand erinnern, dass vor vielen Jahren
Emil auf irgendeine Art und Weise in dem Fußballverein

tätig war. Als Schiedsrichter wollte er demonstrieren, was er so für Möglichkeiten habe. Es waren zwei Fußballmannschaften, die gegen einander antraten. Und Emil als Schiedsrichter. Er ließ tatsächlich die Gemeindemannschaft verlieren, die andere Kindermannschaft gewinnen. Dafür ließ er sich 20 DM von einem Mitglied dieser Mannschaft bezahlen. Was natürlich die anwesenden Gemeindemitglieder auf die Palme brachte. Der Protest fand dann ohne Emil statt, der war bereits mit den 20 DM in die nächste Kneipe geflüchtet, wo er allerdings mit lautem Lachen die 20 DM einfach versoffen hatte.

Selbstverständlich flog er damals aus dem Sportverein, er brauchte sich auch nicht mehr nahe der Sportflächen blicken lassen. Aber ihn störte es nicht. Vielleicht plante er bereits, dort nichts mehr zu tun. Aber für den Moment eines Fußballspieles besaß er Macht. Das dürfte er genossen haben. Die Konsequenzen interessierten ihn nicht, das ist bis heute so. Manchmal werden auch manche Menschen wie Elefanten, die vergessen auch nicht, auch nicht nach Jahrzehnten. Was manchmal auch gut ist und auch dann einfach Sinn geben kann.

Diese Gedanken machten Sylvia schon etwas ruhiger, als sie diesen Hinweis auch von anderen Personen erhielt. Ernst nahm sie das schon, dass sie auf sich aufpassen musste. Besonders Emil fiel in der Zeit sehr auf. Die tägliche Menge Alkohol fiel auf. Sein Verhalten wurde weiter noch aggressiver, wenn er die Menge reduzieren musste, wenn er Taxi fahren wollte. Das brachte ihm eigentlich Probleme, was ihn aber nicht interessierte.

Eigentlich hätte Sylvia zu der Gerichtsverhandlung, die gegen sie stattfand, erscheinen sollen. Es wurde in der Tat bei ihrem nicht erscheinen, mit einer harten Strafe für sie gedroht. Wobei in der Regel die Überlebenschancen bei Hirnblutungen nicht so hoch liegen. Etwa jede fünfte betroffene Person verstirbt binnen eines Tages. Sterben werden nach einem Monat etwa 40 Prozent. Nach einem Jahr dürfte die Hälfte der Betroffenen nicht mehr am Leben sein. Obwohl sie erst nach 24 Stunden gefunden wurde, hatte Sylvia auch dieses erste Jahr überlebt. Das sollte weder ein Anwalt noch ein Gericht ändern. Dachte sie.

Was aber das Gericht schon anders sah. Gegen Sylvia wurde gnadenlos vorgegangen. Sie erhielt einen Strafbefehl, weil gegen sie wegen gefährlicher Körperverletzung eine Freiheitsstrafe von sechs Monaten festgesetzt, wobei deren Vollstreckung zur Bewährung ausgesetzt wurde. Angeklagt wurde, dass sie eine andere Person mittels eines gefährlichen Werkzeuges körperlich misshandelt und an der Gesundheit schädigte. Zudem wurde ein Bewährungsbeschluss erstellt. Auf Sylvia galt eine Bewährungszeit, die auf 2 Jahre gelegt wurde. In der Zeit hatte sie sich straffrei zu führen, jeden Wohnsitzwechsel dem Gericht unverzüglich und selbstständig anzuzeigen. Es sollte dann für Sylvia eine Bewährungshilfe ernannt werden. Diese Person sollte Aufsicht und Leitung übertragen erhalten, deren Weisungen Sylvia zu befolgen habe.

So richtig verstanden konnte Sylvia nicht, dass die Erfüllung dem Gericht unverzüglich anzuzeigen sei. Wobei dann die Strafaussetzung zur Bewährung widerrufen wird.

Das könnte natürlich bedeuten, dass es für Sylvia fast unmöglich wurde, weder Emil noch Wanda anzuzeigen, sofern sie sieht, dass eine von denen sich Kindern auf ihre Art und Weise nähern. Wegschauen gibt Sinn. Zumal auch dann gesagt werden kann: Sylvia ist vorbestraft, dem Gefängnis knapp entkommen und leider noch am Leben. Ihr soll dann irgendjemand noch glauben, was sie gesehen haben will?

Bei Mio hatte das ja auch geklappt. Das können beide durchaus Opfern klarmachen, wenn die es wagen zu versuchen, den »Geheimnissen« nicht mehr nachzukommen.

Wobei Michael auch aufpassen muss, dass er nicht der Nächste sein wird. Natürlich haben die Kinderschänder auch die Möglichkeit, die Schläge anzuwenden. Das übt Emil ja auch regelmäßig an Wanda. Selbstverständlich versuchte er und auch sie diese körperlichen Misshandlungen nicht nur bei Sylvia, sondern auch bei Kindern anzuwenden.

Wer sich wehrt, geht in den Knast. Dafür haben bestimmt nicht nur die Beiden, auch ihr engagierte Anwalt, die Verwandtschaft und Eva, gesorgt. Sich von Emil verprügeln zu lassen, hätte auch keinen Sinn gegeben, denn das zu beweisen dürfte sehr schwierig gewesen sein, diese Erfahrung konnte Sylvia doch schon sammeln.

Allerdings bekam Sylvia doch noch Hilfe. Ein Stress, der das Gericht auslösen würde, dürfte ihr nicht zuzumuten werden. Das konnte für sie auch ein entsprechender Arzt, kein Anwalt, bescheinigen. Um den Rest kümmerten sich sehr engagierte Bürger. Das war auch gut so.

Wobei sie darüber nachdachte, weil sie auch die Enten am Teich füttert. Dort hängt auch ein Schild, auf dem steht, dass das verboten sei. Als Vorbestrafte dürfte sie sich wirklich nichts mehr erlauben. Mit einem Schild auf

dem stehen würde, dass es verboten sei Kinder zu miss-
brauchen, dürfte nicht zu rechnen sein. Da haben Enten
wirklich Vorteile gegenüber Kindern.

28.

Nachdem Sylvia den pädophilen Versuchen des Emil
an dem Nachbarkind verhinderte und es zu der Anzeige
kam, empfand es Sylvia wichtig, den Kontakt zu Wanda
und Emil völlig abzubrechen. Es kam zu massiven Schäden, die an dem Haus von Beiden getätigt wurden. Das
galt auch für den Vorgarten. Wobei es Sylvia eigentlich
erwartete, dass die Besitzer des Hauses irgendetwas unternehmen, um das zu verhindern. Das geschah aber
nicht.

Stattdessen folgte die Überlegung, dass es sich nicht
mehr rechnen würde, Schäden am Haus zu beseitigen.
Diese Entwicklung war eben nicht Sylvias Einstellung.
Für sie war Besitz Verpflichtung. Besonders dann, wenn
dieser Besitz auch von Menschen benutzt wird, die auch
dafür bezahlen müssen. Das ist ja auch nicht ehrenamt-
lich, Eigentum zu haben. Es schien auch nicht möglich zu
sein, zuständige Behörden um Hilfe zu bitten. Zuständig
war niemand.

Auch als Sylvia die Behörden bat, etwas gegen die Ratten zu unternehmen. Die haben sich schon vermehrt,

brachten gut alle 8 Wochen Nachwuchs zur Welt. So bekam Sylvia auch Ekel und Befürchtungen, den kleinen Garten zu betreten. Sie waren bereits am helllichten Tag auf der Suche nach Futter. Was sie natürlich nicht von Sylvia bekamen.

Es waren Parasiten, Läuse und Flöhe, die es gewesen sein sollen, die als Überträger des Pestbakteriums im Mittelalter tätig waren. Wobei zu der Pest auch Ratten halfen. Das ist Sache der Besitzer. Natürlich findet sich dazu keine Behörde, die zuständig sei. So einfach ist das.

Ihre Katzen waren zu alt gewesen, um sich gegen die Angriffe der Ratten zu schützen und sind durch Bisswunden schwer krank geworden. Bereits vor dem Anschlag musste Sylvia ihre Katzen einschläfern lassen. Über den Verlust trauerte Sylvia sehr.

So sollten eigentlich viele Dinge insgesamt eine Verantwortung fordern.

Eigentlich dachte sie, irgendwas verändert zu haben. Verantwortung bestand für sie auch für Kinder. Auch wenn es Kinder sind, die sie nicht kennt, aber die nicht von einem Pädophilen von A nach B befördert werden dürfen. Seine Neigung nicht nur damit beschränkt sein soll, die Kindersitze zu beschnüffeln.

Es ist auch die Art, wie er zum zuschlagen seine Faust benutzt. Für Sylvia war es schon klar, dass er die Faust auch bei Kindern benutzt, wenn sie nichts mehr mit seinen Geheimnissen zu tun haben wollen. Wanda musste auch dazu Zettel beschreiben. Eines konnte man sehen und lesen. Es hing von innen am Fenster des Badezimmers. Sie schrieb das Wort Verleumdung als Überschrift und darunter, dass der Kinderschänder eine Anzeige machen würde. Damit meinte sie ihren Emil.

Ebenso, dass 10m Abstand eingehalten werden müssen. Das war scheinbar die Pflicht der anderen Mieter des Hauses, aber nicht die der Beiden. Für Wanda und Emil zählt nur die Unverantwortlichkeit. Wobei Emil zudem ganz besonders durch mangelnde Selbstdisziplin auffällt. Was Wanda scheinbar nicht stört, selbst dann, wenn sie wieder Opfer seiner Faust geworden wurde.

In der Nacht war der Frost über den kleinen Garten gezogen. Aber die Sonne schien und der Tag dürfte auch etwas wärmer werden, als die Nacht. Natürlich hat Sylvia wieder die Nacht schlecht geschlafen.

Damals, in der Zeit als sie zur Schule ging, gehörte der Schriftsteller Wolfgang Borchert mit seinen Texten zu den Lehrplänen. Wobei damals viel Wert auf Prosa gesetzt wurde.

Er beschrieb eine Stadt, die zerstört war. Dort war ein Junge, wohl neun Jahre alt, der auf seinen kleinen Bruder aufpassen musste. Der bereits für den älteren Bruder dort nicht mehr erreichbar war. Weil das Kind tot unter dem Schutt lag. Aber der Junge musste über ihn wachen. Es hat ihm jemand gesagt, dass die Ratten nachts kamen und seinen kleinen Bruder auffressen würden.

So fehlte dem Jungen der Schlaf, weil er das verhindern wollte. Obwohl er ihn nicht erreichen konnte. Ihn nicht ausgraben, damit er dann seinen kleinen Bruder in den Arm nehmen, um ihn dann auch zu trösten versuchen wollte und irgendwie damit auch sich selbst.

Dann kam ein anderer Mensch und sagte dem Jungen, nachts schlafen die Ratten doch. Eine Lüge, die dazu führte, dass der Junge schlafen konnte. Ein Text, der Sylvia ihr Leben lang begleiten würde. Entstanden 1947, damals als Trümmerliteratur erklärt. Wobei es ihr völlig egal war, dass der Text damals zur Prosa erklärt wurde.

Sie trug sich mit der Frage, dem Kind mit einer Lüge Hoffnung zu geben. Wohlwissend, dass die, mit dem größten Vorteil, Ratten waren, diese Ratten es heute noch und auch in der Zukunft weiter Vorteil haben werden.

Natürlich sieht Sylvia Nachrichten. Sieht Städte, von Bomben in Trümmer gelegt. Sieht Erwachsene, junge Menschen und auch Kinder, die verzweifelt in den Trümmern Menschen und Kinder suchen. Wobei es ihr eigentlich völlig egal ist, wo sich dieser Ort befindet. Und es sind Opfer, die unter dem Schutt liegen und Opfer, die in dem Schutt wühlen auch verhindern wollen, dass die Ratten die Verschütteten auffressen werden.

Wobei es auch egal sein dürfte, welcher Religion, welcher politischen Richtung oder auch Nationalität Menschen angehören. Es gibt nur Opfer und Täter. Wobei es dort wo Sylvia lebt keinen Krieg gibt. Und doch gibt es Opfer und Täter. Sie hat schon genug Probleme gehabt, sie bekam damals gesagt – hilf dir selbst, dann hilft dir Gott. So einfach machen es sich manche.

Natürlich gibt es Sinn, sich vor Tätern zu schützen. Sylvia meinte, es mit Beweisen zu versuchen. Was niemanden interessierte. Die Kameras im Innenhof funktionierten schon, weil sie einfach ein Schild geschenkt bekam und es aufhängte. Auf dem steht, dass der Bereich mit Videos überwacht wird. Es ging einfach nur um die Räder und Tretroller, die auch endlich geschützt waren. Aber im Grunde genommen ging es um Geld, um Eigentum, das zu schützen galt.

Es ist natürlich schwierig, Beweise vorlegen zu können, wenn es niemanden interessiert. Wanda und Emil versuchten sich auch in schriftlichen Drohungen. In dem sie Sylvia als kleine Behinderte bezeichnete und dabei ein übelstes Wort zur Beleidigung nutzten - »kleine behinderte Fotze – mach dich endlich weg«. Zudem schrieb Wanda, dass sie dafür sorgen würde, dass sie keine andere Wohnung in dem Ort bekommen wird. Was ihr nicht gelang. Es gibt Sinn zu flüchten. Wobei Täter es sich oft einfach machen und dann ihre Opfer als Behinderte bezeichnen. Kleine Behinderte, die Emil mit dem Taxi transportiert, die dann von ihm als Fotze gesehen werden und er zudem noch deren Sitze zum Schnüffeln hat. Bei allem soll es Sinn geben, weg zu schauen.

Was auch schriftlich mitgeteilt wurde, dass Sylvia in ihrer eigenen Welt leben würde. Wobei die Täterin von einer Angst schreibt die vorhanden wäre, dass sie schon träumte, von Sylvia in den Knast gebracht zu werden. Eigentlich sollten Täter auch dort landen. Es gibt tatsächlich zuständige, die das glauben, oder auch nicht. In der Regel geht es dann aber nur um Geld, so waren Sylvias Erfahrungen, die sie in den Jahren so sammelte.

Nachts nehmen die Kameras Ratten auf, wie die aus dem Schuppen und dann zurück zum Schuppen eilten. Aber auch am Tag.

In dem kleinen Garten waren von Sylvia, irgendwann früher, zwei kleine Teiche angelegt worden. Mit Seerosen, eine rot, die zweite leicht rosa. Sie musste sie abbauen, das war ihr schon klar, denn die Pflanzen und auch Goldfische wollte sie unbedingt mitnehmen. Der neue Teich war schon in dem neuen Garten im gleichen Ort und der neuen Wohnung angelegt. Was eigentlich verhindert werden sollte. Was die Täter aber wohl nicht geschafft haben. Selbst mit dem Anwalt nicht.

So kam Mio um zu helfen. Mit einem starken Stock in der Hand bewegte er sich zu einem Teich und schlug mit dem Stock auf den Boden und trampelte dabei mit seinen Füßen um den Teich. Sylvia musste sich auf die Terrasse zurückziehen. Sie wollte flüchten können für den Fall, dass es gefährlich für sie wird. Die Ratten kamen aus ihren Gängen, flüchteten aber in die Richtung anderer Gärten. Mio versuchte noch, eine Ratte mit seinem Stock zu erwischen. Was ihm nicht gelungen war, aber Sylvia auch nicht vermisste.

Sylvia wollte nicht länger den Schimmel in den Wänden, die Ratten im Garten oder auch den Kinderschänder ertragen. Wobei ihr absolut klar sein dürfte, dass die Kinder die Opfer sind, keine Chance gegen solche Täter haben. Jetzt keine und auch keine in der Zukunft haben werden.

Und die Ratten werden auch nach wie vor nachts nicht schlafen.

29.

Der Umzug war für Sylvia eine dringende Angelegenheit. Wobei das auch für sie eine unglaubliche Anstrengung und damit körperlich extreme Beanspruchung forderte. Natürlich waren gute Bekannte und Freunde ihr dabei behilflich. Die Aktion sollte aber in der Vorbereitung weder von Emil, als auch von Wanda bemerkt werden.

Was bezüglich der Wohnung und auch das Ausräumen ihres Kellerraumes gelang. Mit dem Garten war das nicht so zügig möglich. Im Vorfeld gelang es Sylvia schon, einige Dinge zu retten. Wichtig waren ihr natürlich die Seerosen und natürlich die Goldfische. Selbst die Frösche wollte sie retten. Sie hing daran.

Der Garten wurde von ihr in der Vergangenheit gestaltet. Dazu gehörte auch, ihn mit Dekorationen auszustatten. Über viele Jahre suchte sie Skulpturen, die auch durch dezente Beleuchtung, durchaus als zentrale Elemente, bestehend aus Metall oder Edelrost, entsprechend wirkten. Es gelang ihr auch, einige Teile in ihre neue Bleibe zu transportieren. Aber es gab auch Teile, die sie noch eine weitere Nacht dort stehen lassen musste.

Schlafen konnte sie bereits in dem neuen Zuhause. Die Kameras sollten ihr Habe bewachen. Als sie am nächsten Tag mit den Helfern den Innenhof aufsuchte, waren sowohl die Elemente, als auch die Kameras verschwunden. In dem Moment war sie mehr als froh, dort nicht länger weiter wohnen zu müssen.

Der alte Nachbar, der Michael für Sylvia war, half ihr natürlich die neue Wohnung einzurichten. Kontakt hielten sie auch. Er rief sie an, wenn es Neuigkeiten, nicht nur aus dem alten Haus, gab.

So berichtete er, dass er an der Schule des Ortes mit dem Wagen vorbeifahren wollte. Er hielt an einem Zebrastreifen an, Kinder wollten die Straße überqueren. An dem Tag meinte Michael, Zeit zu haben und so wanderte sein Blick. Neben der Schule befindet sich ein Parkplatz. Der zeigt auch Größe aus, denn auch Busse müssen dort wenden und Platz finden, damit Schulkinder dann ein- oder aussteigen können.

Auf einem normalen Parkplatz entdeckte Michael das Taxi mit Emil am Steuer. Er hat rückwärts eingeparkt, so dass er seinen Blick Richtung Schulhof richten konnte. So setzte Michael seinen Blinker und fuhr los, nachdem kein Kind mehr die Straße überqueren wollte. Gegenüber von Emil und dem Taxi befand sich ebenfalls ein Parkplatz. So parkte Michael seinen Wagen rückwärts ein und konnte so direkt Emils Gesicht betrachten.

Das war hochrot, wirkte verschwitzt. Zu sehen konnte Michael, dass sich Emils Schulter bewegte. Das ließ erahnen, dass der dazugehörende Arm und damit auch seine Hand, rhythmisch im vorderen Bereich seiner Hose befanden. Er betrachtete die Kinder und das schien Emil zu entzücken.

Irgendwie entdeckte Emil den Fahrer gegenüber. In dem Moment nahm sich Michael sein Handy, tat, als würde er eine Nummer wählen, sah ernst in Richtung Emil, um dann laut zu sprechen. Wie Michael danach Sylvia erzählte, tat er so, als würde er mit der Polizei sprechen.

Emils Gesichtsfarbe blieb bei dunkelrot gefärbt. Sein Ausdruck sah aber wieder nach Panik aus. Was er dann auch versuchte, wieder eine Flucht zu ergreifen, dabei sogar den Wagen zweimal abwürgte, um dann den Bereich zu verlassen. Michael fand sein eigenes Verhalten gut. So meinte er auch, dass er sein Tun durchaus in einem weiteren Fall wiederholen würde.

Es war etwas länger nach dem Gespräch mit Sylvia, als ihm etwas auffiel. Er hat das Taxi, das üblicherweise Emil fuhr, nicht mehr gesehen. Ihn hatte Michael auch eine Weile lang nicht mehr mit einem anderen Taxi fahren sehen. Wanda fuhr die Touren.

Emil sah auch nicht gut aus, seine Schritte wirkten, als hätte er Verletzungen im Bereich der Schritthöhe, oder auch vermutlich im Genitalbereich. Vielleicht hatte wieder ein ehemaliges Opfer Kontakt zu Emil gesucht.

Seine Laune war ebenfalls unerträglich. Wobei er sich direkte Angriffe auf Michael scheinbar im Moment doch nicht zutraute. So schilderte das Michael, als er wieder irgendwann Sylvia anrief. Emil musste ihn vorher wohl auf dem Parkplatz gesehen haben. Er war zurückgekommen und stand danach vor seiner Wohnungstür. So fühlte sich Emil sicher und brüllte im Treppenhaus herum. Das meiste konnte Michael nicht verstehen, das Wort »Penner« schon ein Wort, das so überhaupt nicht zu ihm passte. Michael wusste aber nicht, warum er schrie.

Später erzählte Mio Michael, dass Emil sehr laut seine Frau anbrüllte und Wanda dann auch wieder verprügelte. Mio wohnt schließlich über den Beiden. Wobei auch Michael das Geschrei mitbekommen, auch, dass

Emil danach laut schreiend das Haus verließ. Kurz darauf fuhr er los, dabei am Steuer des Taxis sitzend.

Michael bekam ebenfalls mit, dass kurz darauf eine Verwandte der Beiden auftauchte. Wanda sprach sehr laut mit ihr im Treppenhaus. Sie teilte mit, dass Emil seine Tabletten nicht nehmen würde. Vermutlich musste er auch vorher wieder seine Taxibescheinigung abgeben. Was ihn nicht störte.

Irgendetwas schien diesmal aber besonderes geschehen zu sein. Diesmal musste Emil wohl zu heftig auf Wanda eingeschlagen zu haben. Sie wurde nicht mehr gesehen, weder führte sie den Dackel Gassi, was sie sonst jeden Tag machte, noch fuhr sie Taxi. Emil fuhr auch das Fahrzeug, was eindeutig Wandas Aufgabe war.

Michael meinte, dass er Wanda nicht hören würde. So könnte es auch sein, dass sie vielleicht im Krankenhaus sei. Sylvia meinte dazu, dass Wanda es eher unterlässt, sich im Krankenhaus behandeln zu lassen. Verantwortliche würden erkennen, dass ihr Körper Verletzungen zeigt. Das würde in dem Fall auch an die Polizei gemeldet. Das würde Wanda nicht wollen.

Aufgefallen war ja schon, dass sie eine Kurzatmigkeit hat, als wäre ihre Atemmuskulatur verkrampft. Das war schon zu erkennen, wenn sie sich vorwärtsbewegte. Das war aber auch zu erwarten, weil sich die Schläge, die sie von Emil einstecken musste, im Brustkörperbereich stattfinden. Es könnte durchaus sein, dass die Rippen, oder sogar die Lunge Schaden genommen haben.

Es fiel Sylvia ein, dass sich eine ähnliche Situation bereits vor einigen Jahren ereignete. Damals wurde er am frühen Morgen von der Polizei angehalten. Den Führerschein musste er abgeben. Darauf ließ er sich völlig voll-laufen. Damals kam irgendwann am Nachmittag jemand zu ihm, scheinbar ein Gerichtsvollzieher, der ihm das entsprechende Gerichtsurteil überreichte.

Sylvia war im Bad, das Fenster war auf kipp, so konnte sie hören, was Emil rief. Im betrunkenen Zustand meinte er, dass er das Taxi wegstellen müsste. Es könnte dort nicht stehen bleiben. Sylvia blickte aus dem Fenster und sah, dass der Mann den Kopf schüttelte und dann weg-fuhr. Das Taxi stand damals ein Stück weiter entfernt auf dem Bürgersteig. Emil ging tatsächlich dorthin, setzte sich in das Taxi und fuhr los.

Am nächsten Tag fuhr Wanda scheinbar seine Touren. Er saß dabei auf der Beifahrerseite. An dem Tag waren beide auch laut am Streiten. Danach schrie sie nicht mehr, sie jammerte sehr laut. Sie versuchte wohl, mit ih-rer Hand eine Tür aufzuhalten. Emil wollte das nicht und begann die Tür zu schließen.

Im Anschluss daran wurde sie weinend in das Kran-kenhaus gebracht. Die Hand wurde gegipst. Sie hatte alle Finger gebrochen, wobei ein Finger nach dem Bruch nicht wieder stabil zusammenwachsen konnte. Die Tage danach saß Wanda auf dem Beifahrersitz, Emil fuhr. Wäre er erwischt worden, hätte er der Polizei eine Aus-rede erzählt. Was er aber damals wohl auch nicht brauchte.

Natürlich protestierte Michael, als bei Kälte und Nässe die Kellerfenster von Emil auch über Nacht geöffnet wurde. So musste er sich irgendwann von Emil anhören, dass er viel schlimmer als Sylvia wäre. Was Michael mit lautem Lachen und Kopf schütteln beantwortete.

Die Dachwohnung, die über seiner liegt, konnte ebenfalls nicht vermietet werden. Sylvia erzählte ihm vor längerer Zeit, dass sie einen Mader entdeckte, der sich anscheinend den Dachboden als einen Rückzugsort aussuchte. Was sie damals sogar Martha schriftlich mitteilte. Manchmal hört Michael, wenn der Mader sich scheinbar über ihm bewegt.

Als absolute Unverschämtheit von Wanda und ihrem Schläger Emil sah er ihre Beleidigungen, die eben direkten Nachbarn von den Beiden ertragen müssen. Das bekommt auch er direkt und auch sogar schriftlich von ihr. Sicher könnte er einen Anwalt aufsuchen, der würde vielleicht auch etwas dagegen unternehmen. Bezahlen muss Michael auch das selber. Selbst wenn ihm sogar gerichtliche Untersagungen gelingen, würden ihm als Berufstätiger mit eigenem Einkünften Kosten entstehen. Dafür wird von ihm sein Geld zu hart erarbeitet, um es für so unnötige Dinge auszugeben, die eh nichts nutzen.

Darum findet er natürlich auch unverschämt, dass der Anwalt dieses Ehepaares eine Stellungnahme zum Zustand der Kellerräume geschrieben hatte. Es wurde Kritik daran geführt, dass die Haustür zum Lüften von ihm geöffnet wurde. Das mit Sicherheit nicht bei Kälte und Nässe. Er schreibt tatsächlich, dass fremde Personen eingedrungen sind, dann den Keller aufgesucht haben und dort auch möglicherweise in den Kellerräumlichkeiten uriniert haben. Seine Mandanten wären das nicht gewesen.

Nun waren und tatsächlich werden noch persönliche Bedrohungen von den Beiden gegen die nahen Nachbarn ausgesprochen, das eben auch schriftlich. Die schon tatsächliche Gewalt stattfand, sah Michael in vielen bereits stattgefundenen Ereignissen. Bereits stattgefundenen Verletzungen, die Wanda von Emil erhalten hatte. Danach in der Folge, auch ihre Aggression gegen ihn, gegen Mio und auch, was in der Vergangenheit gegen Sylvia geschah.

Was der Anwalt schriftlich verniedlichte. Selbstverständlich wären die Drei unter den verstörenden Auseinandersetzungen selber tätig. Darum wollen ja auch seine Mandanten, also Wanda und Emil, mit all dieser Nachbarn keinen Kontakt mehr haben.

Michael meinte, dass auch er ein Problem darin sehen würde, wenn er sieht, wie Emil wieder angetrunken in ein Taxi steigt. Um dann vielleicht irgendwann, einen Menschen, auch vielleicht ein Kind, selbst ein Tier damit anfährt. Das wäre schon zu viel und das mit Sicherheit, wäre das dann auch verhindert werden können und eigentlich auch müssen. Was ja auch versucht wurde, was scheinbar niemanden interessierte, vermutlich erst dann, wenn was passiert. Das wäre nicht unbedingt seine Sache.

Er meinte auch zu Sylvia, dass der Taxibesitzer als Arbeitgeber davon in Kenntnis gesetzt werden sollte. Denn wenn etwas passiert, dürfte gerade auf den die Kosten kommen. Worauf auch der Anwalt reagierte.

Selbstverständlich wären weder Michael, noch Sylvia keinesfalls berechtigt, Kontakte zu dem Arbeitsgeber aufzunehmen. Sollte Emil eine Kiste Bier mit dem Taxi transportiert haben, geschah das nicht während der Arbeitszeit. Eine Alkoholfahrt hätte es zu keinem Zeitpunkt durch Emil stattgefunden und würde auch niemals stattfinden. Darum würde sich der Arbeitgeber immer schützend vor Wanda und Emil stellen und dann könnte er sogar, gegebenenfalls, gegen diese Informanten vorgehen. Insofern besteht auch sowohl Sylvia, als auch für Michael keinerlei Veranlassung, die Polizei in Kenntnis zu setzen, sofern Emil unter Alkoholeinfluss eine Taxifahrt durchführt.

Wobei auch Michael der Meinung ist, dass weder Wanda, als auch Emil irgendwann in ihrem Leben eine Steuererklärung erstellt hätten. Vermutlich noch nicht einmal machen lassen würden. Im Gegensatz zu ihm, der auch Steuern zahlen muss, von ihm und von vielen andere. Damit Emil und Wanda die Miete, die Heizung der Wohnung, die Krankenversicherung nicht vergessen, und der Anwalt der Beiden, bezahlt werden kann.

Was wäre denn, wenn ein Mensch zu schaden käme. Emil und sein Anwalt würden erklären, dass es hätte verhindert werden müssen, dass er sich an das Steuer eines Autos setzen konnte. Emil dürfte man das nicht vorwerfen, denn schließlich wäre er krank, darum kann man ihn nicht zur Rechenschaft stellen.

Außenstehende müssten das verhindern, denn wenn das gemeldet wäre, würde ein Mensch noch leben, oder nicht schwer verletzt werden. So ist das dann, wenn sich Dinge wenden.

Dann würde es natürlich Sinn geben, einfach zu sagen, dass man nichts gesehen hat. So einfach wäre das, aber bestimmt nicht einfach für Menschen, die irgendwo noch ein Gewissen haben. Was nicht nur für Autofahrten gelten, sondern auch für Kinder. Dann sollte auch weggesehen werden. Erstrecht, wenn Frauen von ihren Männern verprügelt werden.

Wobei am Anfang hat Michael auch gedacht, dass endlich Ruhe in das Haus kommen würde, nachdem Sylvia ausgezogen war. Wobei es ihm irgendwann klar wurde, dass er, und auch Mio, die nächsten sein werden, die es aus dem Haus zu ekeln galt. Besonders Wanda hat das ständige Bedürfnis, nicht nur Sylvia an den Pranger zu stellen. Was auch Eva besonders gerne macht. Wobei Michael lachend Sylvia erklärte, dass sie das viel besser könnte als die Schadenden.

Sowohl Wanda, als auch Emil bemühten sich wirklich. Michael konnte die schon blinde Zerstörungswut der Beiden als »Wandalismus« bezeichnen. Kellerfenster wurden tagelang geöffnet, auch bei hoher Luftfeuchtigkeit, und zusammen mit niedrigen Temperaturen. Das wirkte für Nässe der Kellerräume von innen, beschädigte Abflussrohre sorgten von außen für die Nässe der Wände. Der Schimmel breitete sich ebenfalls stärker aus. Das betraf natürlich die ehemalige Wohnung von Sylvia besonders.

Neue Mieter wurden nicht gefunden, das ließ auch tief blicken. Michael bekam seine Wohnung auch nicht richtig warm. Das lag daran, weil in früheren Zeiten die Nutzung von Sylvias Ofen im Bereich sowohl für Wärme, als auch für trockene Wände und auch für den Fußboden in Michaels Wohnung sorgte. Was jetzt nicht mehr der Fall ist. Irgendwie wünschte er sich schon, dass endlich Ruhe in das Haus kommen würde.

Irgendwie schien aber wohl sein Wunsch auch in Erfüllung zu gehen.

30.

Für Wolf war es ein ganz schlechter Tag. An dem Tag kamen die Diagnosen und er wird sich wohl noch sehr ungünstige Tumoren eingefangen haben. Immerhin bereits das dritte Mal Krebs und eine optimale Therapie dürfte wohl diesmal nicht für ihn in Frage kommen. Eigentlich hatte er bei der Vorentlassung gedacht, dass diese Unterbringung in dem Altersheim nur der offiziellen Vorgehensweise diente. Dort nur gemeldet, wohnen wollte er endlich bei Eva. So sollte es eigentlich sein.

Gezahlt wurde bereits von ihm und das auch mit sehr viel Geld. Dabei konnte er bereits viele Erfahrungen mit der ersten Ehefrau sammeln. Natürlich kostet eine Scheidung Geld und auch Nerven. Seine Erfahrungen sollten bei der zweiten Ehefrau anders aussehen. Normalerweise wäre das wesentlich fluffiger verlaufen, wie er mit Eva zusammen plante. Aber mit 11 Jahren Gefängnis habe er im Vorfeld nicht gerechnet, einsitzen durfte er trotzdem die Hälfte der Jahre. Dabei meinte seinerzeit Eva ihm eigentlich auch zu versprechen, mit ihm alt zu werden.

Dass Eva sich nicht von ihrem eigenen Ehemann trennte und darum auch nicht scheiden ließ, fand Wolf enttäuschend. Natürlich fand sie ihren Grund dafür in Viola, das Balg aus seiner ersten Ehe. Und die hatte auch nichts Besseres zu tun, als sich mit dieser Person Sylvia zusammen zu tun. Und was machte Eva. Sie schreibt einem Kripotypen, dass sie davon träumt, dass beide Weiber sie gemeinsam in den Knast bringen würden.

In der Zeit saß Wolf noch ein. Evas Ehemann stand förmlich neben ihr. Da wollte der natürlich nicht weg, als Wolf wieder rauskam. Dabei haben doch Eva und er vereinbart, dass das Geld geteilt wird. Es war sein Geld, er wollte sogar die Hälfte davon an Eva abgeben. Sie sollte sein Geld nur für ihn verwalten. So sollte das auch von Eva gesehen werden. Und nicht Evas Art, ihm dann hin und wieder etwas von dem Batzen zurückzugeben. Eva begründete das auch mit dem Gerichtsvollzieher, den Wolf regelmäßig zu sehen bekam und der dann bei ihm nach Geld suchte. Viola war wirklich, was das anging, äußerst fleißig. Eva war davon ausgegangen, dass er noch im Knast am Krebs verrecken würde. Den Gefallen hatte er ihr nicht gemacht.

Aber eine Chance sollte Eva noch bekommen. Gestern lud er sie zu sich ein. Wollte auch mit ihr lecker essen. Dann plante er, ihr von dem dritten Krebs bei sich zu berichten und auch, dass er bei ihr die letzte Zeit verbringen wollte. Sozusagen sollte er wenigstens noch in ihren Armen sterben. So wurde das von ihm durchdacht. Natürlich fragte Eva, was er denn kochen würde. Er dachte an Rehwildfleisch, das habe er extra organisiert. Dann gute Kartoffeln und passend, und der Zeit entsprechend, Pilze.

Eva war nett zu ihm, als sie dann vorbeikam. Eigentlich war sie diesmal sogar ganz besonders nett zu ihm. Er hat bereits den Tisch in seiner kleinen Wohnung gedeckt. Das Wild war durch, die Kartoffeln mussten noch abgegossen werden. Eva hielt den Holzlöffel in der Hand, wollte wohl die Pilze auch probieren, die in Pilzrahmsoße noch etwas vor sich her dämpften. Wolf meinte, noch die passende Flasche Wein im Abstellraum stehen zu haben, eigentlich wollte er sie holen, drehte sich, aus welchem Grund auch immer, wieder um. Eva warf in dem Moment etwas zu den Pilzen und rührte alles um. Wolf tat, als hätte er nichts gesehen.

So holte er die Flasche Wein. Als er zurückkam, telefonierte Eva. Dabei wirkte sie betroffen. Sagte auch, dass sie sich sofort auf den Weg machen würde. Zu Wolf meinte sie, dabei ließ sie sogar wieder Tränen laufen, dass sie doch ihren Rottweiler bei einer Bekannten gelassen und der Hund habe sich von der Leine gelöst und sei direkt gegen ein kommendes Auto gelaufen. Die Bekannte würde den Hund gerade zu einem Tierarzt bringen. Eva müsste sofort dorthin, Wolf müsste das doch verstehen. Aber natürlich habe er dafür Verständnis. Sie meinte, dass er die Pilze noch heute essen müsste, das Fleisch und die Kartoffeln könnten auch morgen noch verspeist werden. Sie müssten also das Essen auf den nächsten Tag verlegen. Dafür hätte er doch auch sicher Verständnis.

Natürlich hatte er das. Er sah aus dem Fenster und sah ihr zu, wie sie in ihren Wagen stieg und losfuhr. Sie wirkte aufgeregt. Wolf wurde immer ruhiger. Er kippte die Pilze in ein Küchensieb. Lies aus dem Hahn Wasser über die Pilze laufen. Seine Pilze waren fertig gegart, das konnte er sehen. Es befand sich aber tatsächlich ein weiterer Pilz, der kleiner geschnitten war, neben seinen Pilzen. Der Grüne Knollenblätterpilz. Passte irgendwie zu seinen Pilzen, hätte ihn, in der Tat, richtig vergiftet. Natürlich warf er alles in den Müll. Ihm war der Appetit vergangen. Sie rief ihn an dem Tag oft an, sogar bis spät am Abend. Da teilte er ihr mit, dass er das Essen an seine nette Nachbarin gegeben habe. Die wollte alles heute Abend essen, die habe sich so sehr auch über die Pilze gefreut. Eva schwieg.

Er allerdings nicht. Er teilte Eva mit, dass er am nächsten Tag bei ihr nur kurz vorbeikommen würde. Sie müsste wieder 1.000 Euro in einem Umschlag für ihn fertigmachen. Emil habe ihn an dem Nachmittag angerufen. Er müsse seinen Wagen zu einer Werkstatt bringen, das würde wieder teuer und er wüsste nicht, wie er das zahlen sollte. Das war auch nicht zum ersten Mal passiert. Beim ersten Mal sagte er ihm, dass seine Frau Wanda doch den Film von ihm gemacht habe. Damals wagte sie, ihm den Film per Handy zeitnah auch noch zu schicken.

Der Film zeigt, wie Emil an Sylvias Wohnungstür klopft, wie er sich umgehend zurückzieht, dass sie die Tür öffnet, zeigt, wie Wolf sie soweit herauszieht, um dann mit der anderen Hand brutal seitlich gegen den Kopf schlägt. Sie wieder zurück in die Wohnung schiebt und die Tür dann wieder zuzieht. Das ging über Sekunden.

Er ist sehr gut zu erkennen. Natürlich hatte er Handschuhe dabei getragen. Welche, die er irgendwo in irgendeiner Mülltonne entsorgte. Wanda und Emil hörte man auch laut lachen. Wolf meinte, dass er die Kamera nicht gesehen habe. Wenn, dann hätte er das Smartphone sofort an sich genommen und entsorgt.

Den Beiden erzählte er, dass er nicht viel Geld zahlen könnte. Aber mal 1.000 Euro, so alle drei Monate, müssten schon bei ihm drin sein, meinte Emil darauf. Was Wolf natürlich umgehend gerne klärte. Wenn Eva nicht noch die Beiden brauchte. Auch in Bezug auf die Aktionen, mit denen die Viola für Unruhe sorgte. Natürlich hätte Wolf bei Sylvias Beseitigung mehr Erfolg bringen müssen. Dabei ist er wirklich davon ausgegangen, dass sie den Schlag nicht überleben würde. Was sie aber dann doch tat.

Sylvia meinte sich vorher auch aufzuregen, weil es für ihn eine »Endlösung« gäbe. Dann würde es doch jetzt Sinn geben, dass er ihr und auch damit ganz vielen Leuten, genau diese »Endlösung« erklären sollte. Was er bereits schon zum Teil umgesetzt hatte.

Er rief Eva am nächsten Tag an und fragte sie, ob ihr Mann auch zuhause sei. Komischerweise war er das wieder, sogar fast grundsätzlich, wenn er vorbeikam. Wolf ging gleich zügig in das Wohnzimmer.

Den Hund, der nicht danach aussah, als hätte er am Vortag einen Unfall erlitten, sollte in den Garten geschickt werden. Was Eva auch tat. Ihr Ehemann stand dann neben ihr. Dann teilte Wolf den Beiden mit, dass er nur noch kurze Zeit zu leben habe. Irgendwie war der Ehemann von Eva direkt erfreut. Es war der Blick, den Wolf an Eva schickte. So beauftragte ihn Eva in die Küche, er solle dort Kaffee kochen.

Eva ging zum Schrank, um Tassen daraus zu holen. Der Umschlag mit dem Geld lag auf dem Tisch. Diesmal setzte Wolf die Stiche mit seinem neuen Messer noch präziser. Er wartete auch nicht ab, bis Eva tot war, er nahm sich den Umschlag, packte den in eine Tasche seiner Jacke, ging umgehend in die Küche und erstach auch den Ehemann. Beide kamen nicht zum Schreien. Das sollten sie auch nicht. Aber viel Blut wollte Wolf sehen. Was er auch tat.

Wolf verließ über die Terrasse das Haus, dann konnte der Hund auch wieder zurück in das Wohnzimmer laufen. Der bewegte sich sofort zu seinem Frauchen und leckte an dem Blut, das ihr aus dem Körper lief. Die Tür zog Wolf in den Rahmen und schloss sie so zu. Im Garten befindet sich ein kleiner Teich. Er bückte sich und spülte das Messer und auch seine Hand mit dem Teichwasser ab. Das Messer steckte er wieder in eine entsprechende Tasche, dann in seine Jacke. Danach fuhr er zu dem zweiten Ehepaar des Tages.

Er ließ sich Zeit. So brauchte Wolf fast eine Stunde für den Weg mit seinem Wagen. Als er den Ort erreichte, freute er sich irgendwie, als er Sylvia sah, wie sie mit dem Tretroller den Ort verlassen wollte. Das diese Sylvia nicht mehr in dem Haus wohnte, in dem Emil und Wanda noch lebten, war ihm bereits bekannt. So rief er per Handy bei Emil an, sagte auch, dass er kurz reinkommen müsste. Es war ihm egal, ob er gesehen wurde oder nicht. Das Geld habe er dabei.

Emil öffnete ihm seine Wohnungstür. Er stank wieder nach Alkohol und irgendwie zeigte er auch Probleme bei jedem Schritt. Im Wohnzimmer angekommen, holte Wolf den Umschlag mit dem Geld aus seiner Tasche, reichte es in Richtung Wanda, hielt es aber dann doch in seiner Hand zurück.

Wanda trug an ihrer rechten Seite eine Armschlinge. Zudem erschien ihm, dass ihr Gesicht irgendwie entstellt war. Emil meinte irgendwann damit zu prahlen, dass er Wanda verprügelt, wenn sie aus seiner Sicht nicht parieren wollte. Die Schläge von ihm müssten auch andere spüren. Sie wirkte irgendwie erkrankt, aber wegen dem

Umschlag und damit dem Geld, erhob sie sich aus dem Sessel.

Wolf meinte zu Emil, dass er heute ausnahmsweise eine Flasche Bier mit ihm trinken wollte. So verließ Emil das Wohnzimmer. Wolf stach sofort auf Wanda ein. Irgendwie konnte er auch nicht aufhören auf sie einzustechen, dabei lag sie bereits über ihrem Sessel. Sie atmete nicht mehr. Das Blut hatte den Sessel rot durchnässt.

Emil brachte Bierflaschen aus dem Keller. Das schien ihn anzustrengen, so hörte es sich an. Wolf hörte durch die angelehnte Wohnzimmertür, dass er die Flaschen in der Küche abstellte. So wendete er sich von Wanda ab und blieb dann hinter der Tür stehen.

Emil wollte nur eine Flasche Bier für sich und eine für Wolf in das Wohnzimmer tragen, da, wo Wolf still auf ihn wartete. Emil hielt verzweifelt die Bierflaschen fest, versuchte sogar, die Arme schützend vor sich zu halten. Was ihm auch nicht mehr nutzte. So fiel er krachend mitsamt den Bierflaschen auf den Wohnzimmertisch, von wo aus die Flaschen schallend auf die Fliesen fielen. Der Dackel war längst winselnd in die hinterste Ecke des Raumes verschwunden.

Es war für Wolf sehr anstrengend. So musste er sich am Rand des Sofas hinsetzen. Von dort aus betrachtete er die Beiden. Im Grunde genommen genoss er den Moment, auf die Schweigenden zu blicken. Emil dürfte die letzten Momente seines Lebens nicht nur in Angst und Panik verbracht haben. Irgendwie konnte und wollte er wohl weder Stuhl noch Harn halten, vermutlich reagierte sein Körper auch völlig normal. Die Flaschen Bier waren ja auf den Fliesen zerbrochen. So kam also zu dem Biergeruch auch noch der Gestank von Urin und Kot.

Wolf stand auf und suchte das Bad auf. Dort wusch er sich die Hände gründlich, ebenso das Messer. Das wollte er nicht dort liegen lassen. Er betrachtete sich auch in dem Spiegel. Er sah blass aus. Auch fand er Blutreste in seinem Gesicht. So wusch er sich auch das Gesicht. Abtrocknen wollte er sich nicht. Die Handtücher stanken und sahen schmutzig aus. Wie alles in der Wohnung verwohnt auf ihn wirkte.

Durch das Fenster im Bad sah er in den Eingangsbereich des Hauses. Ein Parkplatz war nicht benutzt worden. So schien dieser entsprechende Mieter nicht im Haus zu sein. Wolf nahm die Schlüssel zu der Wohnungstür mit. Auf dem Weg zurück zu seinem Auto, das ein Stück weiter entfernt auf einem Parkplatz stand, warf er die Schlüssel einfach seitwärts in eine Hecke. Sein Messer wollte er nicht mehr gebrauchen. Er legte es in der Tasche neben sich auf den Beifahrersitz. Dann fuhr er los. Er parkte nahe dem Teich.

Irgendwie erfüllte Wolf eine Ruhe. Der kleine Park lag neben dem Teich. Er ging einen Weg entlang und der führte ihn direkt zu einem Tretbecken. Dort waren auch Bänke, die ihn zum Entspannen einluden. Er setzte sich auf eine Bank. So konnte er auch das Wasser im Tretbecken betrachten. Es sah sehr sauber aus. Aber er wollte nur sitzen und warten.

Bevor er sein letztes Tun ausführen konnte, das für ihn bestens zu seiner »Endlösung« passte, holte er einen Revolver aus einer seiner Jackentaschen. Das Teil wurde von ihm seit Jahrzehnten sicher untergebracht. Jetzt brauchte er das Teil, um einen Fangschuss auszuführen.

Normalerweise sollte dabei nur noch ein Schuss abgegeben werden, der sofort das kranke oder verletzte Tier töten müsste. So sollte er als Jäger auch denken. Was er im Moment nicht so gerne machte, denn es galt die letzte Person auf seiner Rechnung abzuknallen.

Er kontrollierte die Munition, sechs Patronen waren noch in der Trommel. So war sein Plan. Fünf Patronen brauchte er für Sylvia. Die letzte Patrone wollte er für sich nutzen. Diesmal würde es für ihn keinen Prozess und auch keinen Aufenthalt im Knast mehr geben.

Ein leichter Regen setzte ein. Es war auch ein schäbiger Tag, der eben auch typisch erschien für den späten Herbst und der eigentlich nur auf den Winter wartete. Hin und wieder fuhren Radfahrer vorbei. Sie haben es sehr eilig, um auch einen trockenen und warmen Raum zu erreichen. Der Weg wurde von einem Ziergras zu Wolf getrennt. So konnte er schon sehen, wer sich auf dem Weg befand, er selbst wurde nicht gesehen. Zumindest bis zu dem Moment, bis jemand ihm näherkommen würde. Was allerdings niemand machte. Nicht bei diesem Wetter.

Wolf hoffte, dass es nicht für Sylvia zutraf. Sie würde kommen, so dachte Wolf. Sie würde meinen, durch das Wasser treten zu wollen. Aber dann würde sie überrascht sein, ihn dort sitzen zu sehen. Dieser erste Moment würde dazu führen, dass sie einfach stehen bleibt. Darum musste er den ersten Schuss auf sie genau ansetzen und sofort abdrücken. Es muss sein erster Schuss die Hüfte treffen, die linke Seite bei ihr und, noch bevor sie einknickt, auch mit der zweiten Kugel die rechte Seite der Hüfte.

Dann wird sie mit den Knien einknicken, aber ihr Oberkörper wäre noch aufrecht. Sie wird ihn entsetzt ansehen, die Panik in ihrem Gesicht würde er genießen. Rechts und dann links werden seine Schüsse die Schultern treffen.

Für den Fangschuss wollte er warten. Bestimmt dürfte irgendjemand die Schüsse gehört haben. Natürlich wird das der Polizei gemeldet werden. So schätzte er, dass ihm einige Minuten bleiben. Der Fangschuss würde Sylvia von den Schmerzen befreien. Ohne ein solches Finale könnte sie überleben. Aber wie wird sie dann damit leben. Sie wäre unfähig zu laufen, dann auch auf einen Rollstuhl angewiesen sein. Die Arme wären ebenfalls ruiniert. Sie ist dann noch nicht einmal in der Lage, sich zu waschen oder sich selbst zu ernähren.

So kam Wolf der Gedanke, für sich zwei Patronen aufzuheben. Sylvia könnte dann auch noch sehen, wie er seinem Leben ein Ende setzen könnte. Die Freiheit, die er ihr nicht gönnen würde. Wolf wollte lachen, aber irgendwie konnte er das nicht. Er merkte, dass eine Schluckstörung ihn hinderte, seinen Speichel zu schlucken. Die Spucke lief aus seinem Mund. Er wollte das wegwischen, aber Krämpfe machten es ihm unmöglich, seinen Körper richtig zu bewegen, auch nicht seine Arme. Die Kommunikation zwischen seinem Gehirn und seiner Muskeln, und damit seiner Arme und Beine, war gestört.

Es brach ihm der Schweiß aus. Ihm schien, dass er selbst seine Harnblase nicht mehr kontrollieren, es war ihm unmöglich, seinen Körper zu bewegen. Irgendwie hoffte er, dass Sylvia zu ihm kommen, dass sie ihn betrachten würde. Die Waffe müsste sie doch längst sehen.

So hoffte er, dass sie sich dann den Revolver nehmen würde. Eigentlich könnte sie doch den Fangschuss bei ihm anwenden. Sie schien ihn einfach mit seinen ganzen Problemen im Stich zu lassen. So, wie es Eva auch gemacht hat.

So versuchte er mit aller Kraft, die Waffe mit der Hand zu greifen. Dazu war er nicht fähig. Seine Gliedmaßen waren gelähmt. Er wurde auch noch sehr müde. Irgendwann fing er an zu frieren. Er wollte dann nur noch schlafen.

31.

An dem besonderen Tag bemerkte Sylvia, dass sie ihre Handschuhe vergessen hatte. Zurück wollte sie nicht. Es war kein Frost, es war nur unangenehm an dem Tag. Nahe dem Tretbecken hielt sie an, um dort ihre kleine Sporttasche zu verstauen. Sie beeilte sich an dem Tag, auch bei der Fahrt zurück. Es fing an zu regnen. Ihre Tour war fast beendet, sie hat auch beschlossen, das Wassertreten an dem Tag ausfallen zu lassen. Als sie dort wieder ankam, nahm sie die Tasche wieder an sich und hing sie über den Griff des Rollers. Sie wollte wieder losfahren, als sie eine Person auf der Bank am Tretbecken sah.

Zuerst vermutete sie, dass der alte Mann, den sie als solchen sah, vor dem Regen Schutz unter der überdachten Bank suchte. Aber der Mann schien unter einer Art Lähmungserscheinung zu leiden, sein Gesicht sah entstellt aus. So ließ sie ihr Gefährt stehen und ging etwas näher zu dem Mann, der auch verletzt schien. Seine Bekleidung war voller Blut.

Aus ihrer sicheren Position konnte sie dann die Waffe entdecken, die auch in seinem Schoß lag und von einer seiner Hände gehalten wurde. Es schien, dass sein Körper eine komplette Lähmung zu haben, seine Augenlider und Mundwinkel waren herabgezogen. Es war die Art, wie der Mann eine Bewegung versuchte, und dann dabei in einer scheinbar aussichtslosen Situation zu sein. Sylvia erkannte Wolf.

So kramte sie aus ihrem Rucksack das Handy und wählte die Nummer der Polizei. Im ersten Satz erklärte sie, dass sie bei der Formulierung von Sätzen zum Teil noch Probleme hätte. Danach schilderte sie, wo sie, wer und dann wie, eine Person vorgefunden habe.

Natürlich wurde zuerst von Seiten des Beamten auf die nicht Zuständigkeit hingewiesen. Worauf es doch Sylvia gelang, auf die Waffe hinzuweisen und diese Waffe erst entfernt werden müsste, bevor Rettungsdienste aktiv werden könnten.

Sie nannte Wolfs kompletten Namen, auch, was er bereits mit einem Messer getan, dass es vielleicht sein könnte, dass er das wiederholt hätte. Dass es sich vielleicht nicht um sein Blut an seiner Bekleidung handelt, sondern diesmal natürlich von anderen Opfern stammt.

Sie wartete, bis Polizei vor Ort war und auch Rettungswagen. Der Regen hatte bereits bei ihr dafür gesorgt, dass sie sich durchnässt fühlte. So wandte sie sich von dem Geschehen ab und fuhr mit dem Tretroller einfach nach Hause.

ENDE